MARIANNE ACH

VON GESTERN EINE SPUR

1. Auflage 2017

94234 Viechtach   Bahnhofsplatz 2a
www.lichtung-verlag.de

Umschlagfoto: Marianne Ach
Herstellung: DRUCK Team KG Regensburg
ISBN 978-3-941306-32-5

Marianne Ach

Von gestern eine Spur

edition lichtung

Sich erinnern
An Tage, die nicht gelingen wollten
Den Duft von Zitronenblüten
Haltlose Beziehungen
Die leichte Bewegung eines Tänzers
An Stunden, in denen das Glück
Nahezu vollkommen war

Darüber schreiben
In Zeiten großer Unwahrhaftigkeit

ALS SICH FREDERIC an einem dieser Tage, die im Gedächtnis hängen bleiben, von mir verabschiedete mit „Bis später, Mama!", hatte ich noch keinen Verdacht. Warum auch? Mein Sohn – ein Wortkarger und Einzelgänger, mit immer neuen, oft absurden Ideen. Anhänglich und verträumt. Auch erfinderisch und aktiv.

Das war vor fünf Jahren. Ich habe nie mehr etwas von ihm gehört. Alle Spuren, die er hinterlassen hat, sind abgenutzt, teilweise unbrauchbar geworden. Er ist längst über seine Kindheit und Jugend hinausgewachsen, hat sich endgültig und radikal von mir gelöst. Wo er sich herumtreiben wird? Im Ausland? Ganz in der Nähe? In einem Keller? Auf einer Insel? Ich habe das, was er zurückließ, immer wieder von Neuem durchwühlt: Hemden, Pullover, Schulhefte, Comics, Bücher, Socken.

Irgendwo, dachte ich, muss doch ein Hinweis sein, ein kleiner, diskreter Wink. Nichts. Was ich fand, waren lieblos hingeschmierte Hefteinträge, Schulbücher mit kuriosen Randbemerkungen, Hanteln, ein Tennisball, ein Springseil, Ansichtskarten von Freunden und Bekannten. Ich habe die Dinge einzeln in die Hand genommen, sie lange betrachtet, wollte die Wärme spüren, das Gestern herbeizwingen, die Zeit anhalten. Melodien sind in mir, Lieder, Gutenachtgeschichten; ein Vorrat, der sich nicht verbraucht. Nichts hat ihn mir zurückgebracht. Der Geruch in seinen Kleidern verflüchtigt sich, Maschen lösen sich auf, Motten fressen sich durch alles hindurch. Zwei große Pullover habe ich aufgehoben für den Fall, dass ... Der Fall wird nie eintreten. Und wenn? Soll er vielleicht wieder in die Rolle schlüpfen, aus der er sich mühsam befreit hat?

Sobald der Postbote ins Haus kommt, liege ich auf der Lauer wie eine Katze vor dem Mauseloch.
Es sind immer nur Werbeblätter, Formulare, Spendenaufrufe, Prospekte, in denen lohnende Reiseziele angepriesen werden. Ab und zu schreibt eine Freundin ein paar unbedeutende Zeilen. Floskeln, für die ich noch nie empfänglich gewesen bin: Wie geht es dir? Bist du immer noch fleißig am Schreiben und Lesen? Hast du wieder einen Mann gefunden? Das meiste werfe ich in den Papierkorb. Ich will nichts mehr ansammeln.

WIE ES DAMALS GEWESEN IST: Ich saß in einem Café und blätterte lustlos in einer Illustrierten. Eine Schwangere ging an mir vorbei.
Auch für mich ist es Zeit für ein Kind, dachte ich.
An einem der gegenüberliegenden Tische saß ein Mann, nicht unbedingt attraktiv, sein Gesichtsausdruck jedoch war freundlich und offen.
Ich hatte ein Glas Prosecco vor mir stehen, er ein Glas Wein. Wir prosteten uns zu.
Auf Ihr Wohl!, sagte er mit angenehmer Stimme.
Dann kommen Sie doch auf meine Seite, damit wir auf unsere Zukunft anstoßen können!
Im Nachhinein war ich überrascht, dass ich so forsch sein konnte. So direkt. Er kam tatsächlich an meinen Tisch. Wir tranken ein zweites Glas, erzählten Episoden aus unserem Leben. Heikle Situationen sparten wir aus, dafür würde noch Zeit genug sein. Mit einer flüchtigen Umarmung trennten wir uns voneinander.
Nach zwei Tagen begegneten wir uns in der großen Markthalle, wo es nach Kräutern und Obst riecht, nach Fisch und Fleisch, wo Fliegen alles umkreisen, was süß und verlockend ist, Hausfrauen lange überlegen, bevor sie sich zum Kauf entscheiden. Wir waren beide überrascht.

Ein gutes Zeichen, sagte er.
Wofür? Ich lachte.
Und wenn wir uns wiedersehen?
Keine schlechte Idee.
Meine Annäherung an ihn war vorsichtig, fast ängstlich. Ich wollte keine Vaterfigur, auch keinen Geliebten, der verheiratet ist, nichts Oberflächliches, vielmehr etwas, was andauern konnte, was Glück versprach. Wir trafen uns regelmäßig.
Willst du mich heiraten?
Wenn du noch frei bist.
Es dauerte fast ein halbes Jahr, bis ich mich entschieden hatte. Die enge Bindung an seine Mutter störte mich, seine manchmal unentschlossene Art, auch vage, nichtssagende Formulierungen. Ich musste oft nachhaken, wenn ich etwas nicht verstand. Was meinst du damit? Drück dich deutlicher aus!
Mein Sohn, sagte seine Mutter beim Hochzeitsmahl mit hingebungsvoller Stimme. Mein Mann, antwortete ich ihr. Ihre Augen funkelten. Vielleicht hätte ich ihn gar nicht heiraten sollen.
„Und in diesem Augenblick gab mir Gott den Zorn, der groß genug war", schrieb Ilse Aichinger. Ihr Zorn hatte etwas Sakrales. Bei mir ist das anders. Mein Zorn ist banal und häufig kränkend.

DER TAG IST GRAU, in den nackten Bäumen hängt dichter Nebel. Wir haben schon bei der ersten Dämmerung die Vorhänge zugezogen. Niemand von draußen sollte in unsere Wohnung schauen können. So habe ich es auch mit meinem Leben gemacht. Wenn Nachbarn neugierig wurden, Freundinnen alles von meiner Ehe wissen wollten, habe ich meist geschwiegen oder nur das preisgegeben, was mich lediglich am Rand berührte.

Manchmal bin ich mir selber untreu geworden. Ich habe dann viel zu viel erzählt. Es lohnt sich nicht. Es gibt nur wenige Menschen, die verschwiegen sein können. Und oft ist es so, dass allzu vertrauliche Gespräche nicht unbedingt erleichtern.
Der Nebel hat sich gelichtet, die Dinge werden wieder sichtbar. Menschen eilen ihren Geschäften nach, erhoffen mehr, als sie vom Leben bekommen können. An einem Ast hängt immer noch ein Apfel, kann und will sich nicht lösen. Es riecht nach Abschied und Herbst.

GESTERN WURDE EIN TOTER aus unserem Haus getragen. Ich kannte ihn kaum. Er hat in einem Hotel gearbeitet, war still und unauffällig. Ein einziges Mal habe ich mit ihm ein kurzes Gespräch geführt. Er soll nur mehr auf seine Rente hingelebt haben, sagt der Hausmeister.
Wenn ein junger Mensch begraben wird, ist es so, als würde der Tag für mich seine Unschuld verlieren. Dann denke ich darüber nach, was es heißt, mit zwanzig oder fünfundzwanzig zu sterben, das Leben nur am Rand erspürt, den Duft einer Rose kaum eingeatmet, das Rascheln eines Maisfeldes nicht wahrgenommen, das meiste nicht erlebt zu haben. Das hat noch Zeit, viel Zeit. Dann ist plötzlich keine Zeit mehr, nicht einmal dafür, am Abend einen Freund zu treffen oder in eine Diskothek zu gehen.
Wann bin ich zum letzten Mal auf einer Beerdigung gewesen? Als die Mutter meiner Freundin gestorben war. Eine Frau, die in den letzten Jahren nicht mehr gesprochen hatte. Ihre Worte hatten sich verbraucht, oder sie waren unnütz geworden. Vielleicht war auch ihre Bitterkeit zu groß, erstickte die Worte schon im Keim. Sie hätte allen Grund dazu gehabt. Zwei Kinder wurden nicht älter als vier Jahre. Der Mann starb an einer Vergiftung. Sie muss ihn sehr geliebt haben.

Ich will reden, solange ich dazu in der Lage bin: über den Tod, den Totgeschwiegenen, über das Leben, meine Neugier, meine Hast, meinen Unglauben, meine Beziehungen, über alles, was nach außen drängt, um frei zu sein oder frei zu werden.

Flüsse singen
Das Glück atmet ruhig ein und aus
In den Zweigen dunkles Vogelbeerrot

All die Jahre
Im Eifer gesammelt
Wo sind sie

IMMER WIEDER LESE ICH biblische Geschichten, die mich wegen ihrer Symbolik tief berühren, mich zum Nachdenken zwingen.

Samson verrät das Geheimnis seiner Kraft an eine Frau, die es vielleicht gar nicht wert gewesen ist. David besiegt den mächtigen Goliath mit einer simplen Steinschleuder. Und Jonas, der Prophet? Er ist von seinem Auftrag müde und resigniert. Gott lässt eine Rizinusstaude wachsen, um ihn von seinem Unmut zu befreien. Ein Wurm sticht in die Staude, und sie verdorrt. Glühender Ostwind kommt auf, die Sonne brennt ohne Erbarmen auf Jonas herab. Über allem ein Gott, der ihm keine Ruhe lässt: Dich werde ich auch noch kleinkriegen.

Welche Vorstellung mir lieber ist? Ein gnadenloser oder ein barmherziger Gott? Ein Gott, der straft, hat geradezu kindische Züge. Und ein Gott, der um unserer Freiheit willen alles zulässt? Meine bisherigen Vorstellungen haben sich nicht bewährt.

Die griechische Mythologie hat überzeugende, mächtige Bilder für das Leben und die Welt gefunden. Für Gottheiten, die menschlich, sympathisch, uns nahe, dann auch wieder fern sind. Hinterlistig, hilfreich, besessen, voller Neid und Argwohn, machtgierig.

Was mich am meisten beschäftigt, sind die Schicksalsgöttinnen. Sie spinnen meinen Lebensfaden, bestimmen seine Länge, schneiden ihn ab, wenn es dafür an der Zeit ist.

Sterben bedeutet, dass unsere Existenz radikal abgebrochen wird. Vieles bleibt nur Fragment, das meiste unerlöst.

ES SIND JENE TAGTRÄUME, die mich erschrecken, mich aber wegen ihrer Absurdität zugleich am Leben erhalten: Ich bilde mir ein, dass gleich hinter den gegenüberliegenden Häusern das Meer beginnt. Es nagt unsichtbar an den Fundamenten, wird irgendwann bis zu mir herüberschwappen, gefährlich ansteigen. Ich werde mir eine Arche bauen, bin unschlüssig, wen ich mit hineinnehmen möchte.
Die Nachbarin winkt, holt mich erstaunlich schnell in die Realität zurück, erzählt, dass sie endlich das Elternhaus verkaufen konnte. Jetzt geht es ans Ausräumen, sagt sie. Dinge von gestern und vorgestern ein letztes Mal in die Hand genommen: Reiseandenken, Geschirr, Bücher, ein Sammelsurium von unnützen, unbrauchbar gewordenen Dingen.
Wer wird meine Wohnung leer räumen, wenn mein Sohn verschwunden bleibt? Eine Entrümpelungsfirma wird alles in einen Container werfen. Das ist am einfachsten, aber auch schmerzlich. Ich sollte meine Bücher und die wenigen Kostbarkeiten, die ich besitze, noch zu Lebzeiten verschenken.
Das Meer ist nicht angestiegen, die Fundamente sind stabil geblieben. Die Nachbarin fährt mit dem Rad zum Einkaufen, eine, der nichts entkommen darf. Sie will alles wissen, bohrt sich ohne Scham in die Geschehnisse anderer hinein. Manchmal bin ich nicht wachsam genug.

HEUTE GIBT ES BEI MIR Gemüse, gebratenen Fisch und als Nachspeise Himbeerjoghurt. Wichtig: ein Tischset, eine Stoffserviette, ein Blumenstrauß, dieses Mindestmaß an Sitte und Kultur, auch für mich allein, oder gerade für mich allein. Nur keine Gleichgültigkeit im Ablauf des Tages. Das kann schnell in Unordnung umschlagen, in Ichverlust und Sprachlosigkeit. Das Wort pflegen, auch das Ungesagte, nur Gedachte, Herumsuchen im

Wortschatz, bis es gefunden ist, *das* Wort, das ein Gefühl, einen Zustand, eine andere Sicht der Dinge ausdrücken kann. Sich dadurch gerettet fühlen, für kurze Zeit wenigstens.

AB UND ZU EINE FREMDE STADT erkunden, zu Fuß, mit dem Bus, einem Taxi. Staunen über die Vielfalt, den Reichtum, der sich zeigen will und muss, der nur dafür gemacht ist: Kuppeln, Paläste, Lampen, Stuckaturen, Säulen, Erker, Brunnen; immer wieder stehen bleiben, damit das Herz nachkommen kann mit der Geschwindigkeit der Augen. Darüber ein großer, weiter Himmel. Die Hybris jeder Epoche, ihn doch noch berühren zu können. Sinnlose Turmbauten, Sprachverwirrungen, menschliche Entfremdung.
Ich lerne diese wenigen Sätze: Wo ist ein Hotel? Was kostet eine Nacht? Wo ist die Haltestelle? Wo finde ich das Museum?
Ich übe mich in die Sprache ein wie in etwas Heiliges. Bis zu ihrer Mitte werde ich kaum vordringen. Dafür ist die Zeit zu knapp. Meine Ausdauer zu gering. Ich will lediglich ihren Rhythmus spüren, die Geschichte erahnen, die blutig gewesen ist, das Gestammel eines Behinderten hören, Worte von Verliebten, die an mir vorbeigehen, den Ton des Touristenführers, das Versprechen des Losverkäufers.
Mich treibt es vorwärts. Ich will fast ständig unterwegs sein. Im Hotel halte ich es nicht lange aus. Es könnte sein, dass ich etwas versäume: einen Lichtreflex, ein Unglück, den Ausfall einer Ampel, eine Demonstration, ein neues Zeitmaß, das Gestern, das immer noch übermächtig ist, einen Mann, den ich lieben möchte. Sobald ich die Stadt wieder verlasse, kann das Fremde von mir abfallen wie ein welkes Blatt. Bleiben wird der Klang einer Stimme, ein Gesicht, ein Mauervorsprung, das Flussufer; zugeordnet den

anderen Reisen, die ich mit meinem Mann und meinem Sohn gemacht habe. Als alles noch anders war. Ganz anders.

WIR HABEN VON JEDEM URLAUB Souvenirs mit nach Hause gebracht: meist Überflüssiges, irgendwann lästig, zum Wegwerfen dann doch zu schade. Erinnerungen haben sich wie Saugnäpfe daran festgekrallt: auf Muscheln, Schlüsselanhängern, Figuren in schreienden Farben, Steinen, die ihren Glanz verlieren, sobald die Wellen sie nicht mehr überspülen können. Ich kaufte Aschenbecher, obwohl schon drei im Regal standen, T-Shirts, billige Drucke von großen Meistern, ein Tuch, das beim ersten Waschen die Farbe verlor. Tassen mit unsinnigen Sprüchen, Wandteller, kunstvoll oder kitschig, preiswert oder viel zu teuer.
Es gibt andere, weitaus bessere Möglichkeiten, sich bleibend an Orte zu erinnern: der Duft von Zitronenblüten; der Blick eines jungen Mannes, der wie ein Versprechen wirkt; das Lachen eines Kindes; Ölbäume, die sich im Laufe ihres Daseins nach allen Seiten drehen; Sandstrände; der Mond, der sich eitel im Meer spiegelt; eine Möwe, süchtig nach Weite; Ruinen, in denen die Jahrtausende atmen.

FREDERIC STEHT PLÖTZLICH vor meinem Bett.
Da bin ich wieder, sagt er. Wie du aussiehst, sage ich vorwurfsvoll. Ich ziehe ihn am Haarschopf zu mir herunter, will seine Wangen streicheln, ihm Fragen stellen, wache auf. Greife in die Luft. Nichts. Absolut nichts.
Vielleicht ist er tot, oder er kommt bald. Eine Vorankündigung? Ein böses Omen? In guten Zeiten waren wir uns sehr nah. Einer von uns beiden sprach einen Gedanken aus, der andere wusste sofort Bescheid. Es waren jene seltenen Momente, die mich für manches entschädigt haben.

Länger dauert das Glück nicht. Es verbraucht sich viel zu schnell.
Was davon bleibt? Eine hauchdünne Spur.

FLÜCHTENDE, so möchte ich mir das vorstellen, stehen ein letztes Mal am Fenster, prägen sich alles ein, was ihr bisheriges Leben ausgemacht hat: den Baum, das Nachbarhaus, den Balkon, Geranien, die nicht zu blühen aufhören. Den Himmel, Licht und Schatten, Nachbarn, den Gesang eines Vogels. Danach schließen sie Fenster und Türen. Das Herz ist leer, die Angst groß. Was wird aus uns? Die Koffer stehen längst im Flur, ein kurzes Zögern. Vielleicht sollten wir doch hierbleiben. Dann: Wir wollen, wir müssen. Und wenn sie in der Fremde sind: Weißt du noch damals? Erinnerst du dich noch?
Erinnerungen dienen dem Überleben. Manchmal hindern sie auch daran. Die Zukunft verschleiert sich, ist nicht mehr stabil genug.

WIE MAG DAS SEIN, eine neue Identität annehmen zu müssen? Einen anderen Namen, eine andere Lebensgeschichte, eine andere Wohnung. Dazu braucht es ein gutes Gedächtnis und ein Vergessenkönnen. Alles muss zurückgelassen werden, auch das Gute und Beständige. Eine Neugeburt, aber nur auf dem Papier. Im Herzen ist immer noch das Alte, sind jene Jahre, die prägend gewesen sind. Ich kenne niemanden, der sich mit einem derartigen Schicksal abfinden muss.
Meine Identität? Wahrhaftigkeit und Lüge. Hybris und Demut. Einfühlungsvermögen und Egoismus. Ich möchte noch vieles ändern. Was mir dazu verhilft, ist die Sprache. Ist auch das Gespräch mit anderen, vor allem mit Menschen, die mir vertraut sind.

DIE ERSTE ZEIT UNSERER LIEBE: hingebungsvoll, unreif, mit betörenden, oft leeren Worten, ab und zu schon mit dem falschen Zungenschlag, mit Unwahrheiten, die sich wie winzige Steinchen im Schuh anfühlten. Erst nach langem Gehen fängt der Schmerz an. Bleib stehen! Mich drückt etwas an der Fußsohle. Wenn es in meiner Ehe auch so einfach gewesen wäre: den Schuh ausziehen, das Hindernis entfernen, weitergehen zu zweit, beobachten, mitteilen, was der andere gar nicht gesehen hat, weil er so übereilig weiterdrängte. Schon an das Ziel dachte.
Vieles in unserer Ehe war gut, genauso viel aber auch mangelhaft. Wir hätten mehr reden sollen, noch deutlicher, nicht in Rätseln. Das wirft aus der Bahn. Ich hätte sagen sollen: Du, ich habe festgestellt, dass du länger als nötig mit meiner Freundin flirtest, dass du in letzter Zeit mehr als ein Bier trinkst, dass du später nach Hause kommst als sonst. Die Dinge ansprechen, auch wenn die Angst alle Worte auslöschen will. Ansetzen. Reden. Weiterreden. Selbst wenn der Partner diesen leeren Blick bekommt, zum Himmel schaut: Ach, das schon wieder. Wir haben hundertmal … Dann eben zum hundertersten Mal. Stimmt, ich turtle mit anderen Frauen. Ich trinke zu viel.
So ähnlich hätte es laufen können. Es ist anders verlaufen.

ICH HABE LANGE NICHTS BEMERKT, es vielleicht nicht merken wollen. Leon war wie immer, so schien es mir, höflich, fast distanziert, nicht unbedingt anspruchsvoll, öfter abwesend.
Woran denkst du?
An meine Geschäfte, diverse Dienstreisen.
Mit einer Freundin?, fragte ich provozierend. Es sollte nur ein Scherz sein, mehr nicht. Er schwieg.
Normalerweise spüre ich, wenn du lügst. Dieses Mal bin ich unsicher. Ich müsste es an deinen Augen merken, am

Zucken der Mundwinkel, an der Stimme, an deinem übergroßen Eifer.
Ich konnte nicht einschlafen. Leon schnarchte. Einer von 99 Gerechten. Nur einmal habe ich ihn tief erschüttert gesehen, als sein Freund bei einem Motorradunfall tödlich verunglückt war. Da hatten seine Worte plötzlich keine Kraft mehr. Er weinte wie ein Kind, trauerte Wochen um diesen Verlust.
Wir sitzen am Frühstückstisch. Draußen ist es hell. Kein einziger Misston. Leon starrt vor sich hin. Ich frage ein zweites Mal: Mit einer Freundin?
Und wenn es so wäre? Was ist daran so schlimm? Unsere Ehe ist marode, da kann eine Liebschaft nur nützlich sein.
Er zieht sich an, verschwindet. Macht sich unsichtbar. Und ich? Soll ich – nicht mehr als ein Häufchen Elend – zurückbleiben, mich nach ihm sehnen, warten, bis er wieder da ist? Dann auf die Knie fallen: Bleib bei mir! Wir werden es schaffen. Oder in ein Café gehen? Eine Freundin anrufen, um mir ihre Phrasen anzuhören? Du wirst doch nicht so dumm sein. Du wirst ihm doch dieses eine Mal verzeihen können.
Kann ich nicht. Es bleibt nicht beim ersten Mal.
Leon kommt später nach Hause als sonst.
Wie lange geht das schon mit euch?
Seit drei Monaten. Aber ich habe Schluss gemacht. Endgültig.
Jetzt erst fallen mir die Veränderungen ein. Sein Desinteresse, wenn ich mir ein schönes Kleid gekauft, eine Idee hatte, wenn mir die Friseurin Strähnchen ins Haar gemacht, ich ein neues Rezept ausprobiert, ihm einen bedeutenden Artikel aus der Zeitung vorgelesen hatte.
Bevor Leon am nächsten Morgen ins Geschäft ging, mir ein Küsschen auf beide Wangen gab, sagte er: Du siehst das viel zu dramatisch.

Noch am selben Tag ließ ich das Schloss auswechseln, stellte auf den Flur, was ihm gehörte. Mitten in der Nacht kam er, flehte, klopfte, schrie: Lass mich hinein! Die andere war nur eine Affäre, weiter nichts.
Ich drückte mein Ohr an die Türe, befürchtete, er müsste mein lautes Atmen, mein Herz pochen hören.
Er ging die Treppen hinunter und fluchte, benahm sich wie ein trotziges Kind. Ich fiel auf einen Stuhl, musste mich erst beruhigen. Die Stimmen kamen von überall: Einmal ist keinmal. Du wirst doch nicht. Du bist kleinlich. Seitensprünge sind normal. Ich setzte mich zur Wehr, argumentierte: Und die Lügen? Die Geschenke, um das schlechte Gewissen zu betäuben? Nein, nicht mit mir.
Freundinnen besuchten mich, trösteten, erzählten von eigenen Verletzungen, hörten nicht mehr damit auf. Geht jetzt! Ich muss allein sein. Am Abend war keiner da, mit dem ich reden konnte. Ich starrte die Wände an, mein Spiegelbild, nahm Fotos aus dem Album, zerriss sie. Wenn schon, denn schon. Eine große Hochzeit, damals, seine Mutter ließ ihn nicht aus den Augen. Sie weinte während der ganzen Zeremonie. Jetzt bin ich allein, sagte sie mehrmals. Nein, das bist du nicht, antwortete mein Mann und legte seine Hand zärtlich auf ihre Schulter: Ich bin nach wie vor für dich da.
Und wenn die Affäre tatsächlich zu Ende geht, zieht er zu seiner Mutter. Was möchtest du heute, mein Sohn? Dein Lieblingsessen? Ruh dich aus! Sie war sowieso nicht die Richtige für dich.
Ich bin es nie gewesen. Für eine Mutter, die so innig mit ihrem Sohn verbunden ist, gibt es immer nur eine Nebenbuhlerin, die ihr den Sohn wegnehmen will, ihr Ein und Alles.

ICH LIEGE SCHON WIEDER AUF DER LAUER, ich – die Katze vor dem Mauseloch.

Eine Nachricht für Sie, sagt der Postbote freundlich.
Für mich? Ich kenne die Schrift meines Sohnes. Meine Hand zittert.
Ich schließe die Türe, gehe in das Wohnzimmer. Schweiß auf der Stirn, die Hände eiskalt, betrachte ich eine Weile die Karte. Sie ist vermutlich lange unterwegs gewesen. Der Stempel verwischt, vorne der Teil einer Stadt, die mir fremd ist, mehrstöckige Häuser, Leuchtreklamen, verschleierte Frauen, überfüllte Abfalleimer, Autos, darüber ein weiter Himmel, ganz hinten kaum sichtbar ein schmaler Küstenstreifen, ein Ort zum Überleben.
Ich lese, ohne zu verstehen.

Das Salz spürst du überall: auf deiner Zunge, deiner Haut, während du eine Frau liebst, eine Speise zu dir nimmst, unnütze Gedanken mit dir herumträgst. Das Salz verdirbt und erhält uns, macht uns widerstandsfähig und brutal, ergeben und robust.

Vermutlich ein Ort am Meer. Frederic wird endlich eine Frau gefunden haben, dunkelhäutig, exotisch, geheimnisvoll. Will sich verwurzeln, merkt, dass Wellen an seine Wände schlagen. Er übt das Vergessen, wehrt sich gegen alte Erinnerungen. Ich könnte zu einer Astrologin gehen. Ich glaube nicht an die Sterne. Sie sind unzuverlässig. Und wenn ich mich mit einer Freundin treffe?
Die Karte bleibt liegen. Macht mich ratlos und glücklich.

HAST DU EINEN LIEBLINGSBAUM?, fragte mich vor Kurzem eine Nachbarin.
Die Birke, antwortete ich ihr. Vielleicht nur deshalb, weil ihre Haut so dünn ist.

ICH STEHE AN EINER STRASSENBAHN-HALTESTELLE, denke darüber nach, wann ich wieder Freunde einladen, was ich am Abend kochen, welche Pflanzen ich im nächsten Jahr auf meinen Balkon stellen werde, ob sich das alles lohnt, was wir Leben nennen. Ein älterer Herr kommt auf mich zu, fragt mich: Glauben Sie an die Ewigkeit? Ich würde gerne, antworte ich ihm.
Wir steigen ein. Jeder Moment ist die Ewigkeit, sagt er, die größte Verdichtung von Raum und Zeit. Verstehen Sie mich?
Ihre Gedanken sind mir zu hoch.
Ich betrachte sein Gesicht, seine Hände. Er wirkt ruhig und ausgeglichen. Nichts Auffälliges oder gar Verrücktes. Bevor ich die Straßenbahn verlasse, wünsche ich ihm noch viele Glücksmomente.
Ich will, dass mein Leben andauert.

ES HAT ZUM ERSTEN MAL GESCHNEIT. Manche Fußgänger gehen so vorsichtig, als könnten sie das unberührte Weiß zerstören, oder als vermuteten sie unter der weißen Pracht etwas Heimtückisches, Gefährliches. Andere schreiten tapfer aus. Der Schnee wird nicht liegen bleiben. Er wird nach kurzer Zeit schwarz und unansehnlich.
Es ist still. In der Stadt dauert die Stille nicht lange an. Eine Stadt muss toben und schreien können, übermütig und heftig sein. Der Winter hat es noch nicht ernst gemeint. Es hat tatsächlich wieder zu schneien aufgehört. Auf den Straßen ist kaum noch etwas zu sehen. Ein Vorspiel, nichts weiter. Ich bin beruhigt.

UNVERMITTELT KOMMT MIR IN DEN SINN, wie es damals gewesen ist: Mutter war langsamer als sonst, ihr Gesicht seltsam verzerrt. Der Schlüssel fiel ihr aus der

Hand, dann ein Löffel. Ich weiß nicht, was heute mit mir los ist, sagte sie, stolperte dabei über ihre eigenen Worte, verzog den Mund zu einem komischen Grinsen, konnte den rechten Arm nicht mehr bewegen. Schlaganfall, sagte der Arzt. Ein langer Weg zur Genesung, für eine, die nicht mehr leben wollte. Die keine Antworten mehr gab, selbst wenn sie noch so verstümmelt gewesen wären, die sich wie eine Puppe behandeln ließ: anziehen, ausziehen, essen, schlafen. Du musst schon auch dazutun, sagte meine Schwester und begann mit einer aufopferungsvollen Pflege. Nichts wurde ihr zu viel. Sie umsorgte unsere Mutter, erfüllte ihr jeden Wunsch, las ihr aus Büchern vor, fuhr mit ihr ins Freie, freute sich über jeden noch so winzigen Erfolg.
Ich bin anders. Wenn ich auf Besuch kam, stand ich hilflos an ihrem Bett. Sie begann wieder zu sprechen, übte, lächelte, deutete mir an, ich solle in ihrer Nähe bleiben, ihr von meinem eigenen Leben erzählen.
Ich wollte nicht und schwieg.

DU BIST MEINE GELIEBTE, sagt einer, den ich auf einem Wochenendseminar kennengelernt habe. Er nimmt mich behutsam in seine Arme, der etwa fünfzehn Jahre jüngere Mann. Ich ahne, dass unsere Beziehung nicht von Dauer sein wird. Vielleicht drei Jahre, wenn ich optimistisch bin. Ich erzähle ihm Nebensächlichkeiten, aber auch ganz Persönliches.
Denkst du noch an deinen Mann?
Selten. Das meiste ist mittlerweile so weit weg, als hätte es nie zu mir gehört.
Und euer Sohn? Hast du dich für ihn geopfert?
Das wäre zu viel gesagt. Ich bin keine für Opferaltäre. Ich harre so lange aus, wie es nötig ist, bin zeitweilig wie tot, dann schlüpfe ich wieder aus meinem Kokon. Die Welt ist jedes Mal größer, der Blick auf die Dinge lohnenswerter.

Wir machen die ersten Schritte in ein vermutlich gemeinsames Leben. Ich bin Architekt, sagt er, zuständig für das Nützliche und Schöne. Und ich bin eine, die viel nachdenkt, die glaubt und zweifelt, lacht und weint, hartnäckig ist, nicht immer erreicht, was sie erreichen möchte. Eine, die alles notieren, das Leben damit festhalten will. Das gefällt mir, sagt er.
Wir schreiben uns Briefe, lang und ausführlich, manchmal von einer Umständlichkeit, als könnten wir nur auf diese Weise sicher ans Ziel kommen. Und wenn wir uns treffen, verzichten wir auf Belanglosigkeiten. Wir tauschen wertvolle Gedanken aus, argumentieren, lachen, sparen nicht mit Zweideutigkeiten, halten einander fest, lassen trotzdem genügend Raum für Eigenes.
Noch bleibt diese Beziehung unser Geheimnis.

Ich
Kind des Glücks
Reiße den Blüten
Alle Blätter aus:

Er liebt mich
Er liebt mich nicht
Er liebt mich

EINE WINTERNACHT ohne Schlaf. Die Welt ist kalt und trostlos. Nach einigen Stunden zeigt sich am Himmel ein dünner Lichtstreifen. Die Dinge beginnen zu glänzen. Von den Bäumen löst sich die Dunkelheit – beharrlich und im Rhythmus der Zeit.

Fuchs oder Wolf? Mensch oder Tier? Im Laufe des Tages wird sich zeigen, was ich heute sein werde.

Vor dem Kaufhaus steht eine Frau und weint: Mir geht es ja so schlecht, sagt sie. Menschen strömen teilnahmslos an ihr vorbei. Wo ist die S-Bahn?, fragt sie mich.

Zuerst nach rechts, dann nach links, dann sehen Sie schon das Zeichen. Mühelos zu finden.

Sie verschwindet in der Menge. Ich bin nicht mitgegangen, obwohl ich es nicht eilig hatte. Warum habe ich ihr nicht etwas gesagt, das sie wenigstens kurz getröstet hätte? Sie wird in die S-Bahn gestiegen sein, eine Bürde auf dem Rücken, von der ich keine Ahnung habe. Vielleicht auch nichts wissen will.

Ein Mann mit nur einem Bein sitzt am Trottoir, neben sich einen räudigen Hund. Auf dem Boden liegt ein schmutziger Zettel: Ich bin hungrig. Er hält mir seine offene Hand hin. Was geht mich dieser Mensch an? Für die Not anderer bin ich gefühllos und taub.

Ich besuche eine schwerkranke langjährige Bekannte. Seit Wochen im Hospiz, muss sie aus dem Bett gehoben, mit dem Rollstuhl ins Freie gefahren werden. Sie spricht davon, dass sie bald wieder gesund sein wird. Ich halte den Selbstbetrug nicht aus, will mit ihr über den Tod und das Danach sprechen. Sie wehrt ab. Ich besuche sie nicht mehr, überlasse es ihren Verwandten, damit zurechtzukommen.

Und wenn sie stirbt? Enttäuscht vom Leben, auch von mir.
Ich werde sie um Verzeihung bitten.
Vielleicht morgen, vielleicht nie.

VATER STARB, als wir nicht darauf vorbereitet waren. Wahrscheinlich ist keiner so recht auf den Tod vorbereitet. Er stand im Wohnzimmer, jene Verdrießlichkeit und Abwehr im Gesicht, die wir zur Genüge kannten. Mir ist übel, soll er gesagt haben, und fiel wie ein Sack auf den Boden. Auch wenn es schändlich ist: Von diesem Moment an konnten wir neu anfangen. Die Mutter erholte sich von ihrem Schlaganfall, lernte erste Wörter, strich meiner Schwester und mir unbeholfen über das Haar, deutete auf das Schöne, auf das sie lange verzichtet hatte. In ihren Augen zeigte sich ungeahnte Lebenslust. Sie äußerte absurde Wünsche, wurde aufsässig, strebte nach dem, was Jahre zuvor nicht denkbar gewesen wäre.
Erst im Erwachsenenalter hatten wir, meine Schwester und ich, erfahren, dass unser Vater von einem reichen Fabrikanten adoptiert worden war. Er schämte sich deswegen, obwohl ihm dadurch eine blendende Zukunft gesichert wurde, von der wir alle profitierten.
Wir litten ständig unter seinem Jähzorn. Seine Entscheidungen waren diktatorisch, seine Ansprüche groß. Wir ließen ihm sein Reich, dem König ohne Krone. Manchmal protestierte ich, und als ich merkte, dass es sinnlos war, dachte ich an Flucht. Ich las mich in fremde Welten hinein, war häufig außer Haus. Der Abstand zu meiner Familie wurde größer.
Zwei Jahre blieb ich noch, dann ging ich in eine andere Stadt, um zu studieren. Ich brauchte die Herausforderung. Das Neue, Unbekannte. Mutter weinte.
Gerade du, sagte sie.
Ja, gerade ich.

Besuch uns öfter! Geh in der Stadt nicht verloren!
Die Stadt ist kein Dschungel.
Und die Männer?
Ich bin erwachsen, Mutter.
Der erste hieß Manfred, gediegen, großzügig, sperrig. Wir tanzten, tauschten Meinungen aus, fuhren oft ins Freie. Er blieb distanziert, deutete etwas an, was ich anfangs nicht verstand.
Ich habe dir nie das Heiraten versprochen, sagte er.
Was dann?
Eine Kameradschaft, gemeinsame Unternehmungen.
Das ist mir zu wenig. Warum nicht mehr?
Endlich die Wahrheit: Ich fühle mich eher zu Männern hingezogen.
Wir haben uns nie mehr gesehen. Er besaß einen großen Wohnwagen, seinen Schutzraum, seine Hülle, sein Zuhause.
Dann ein Inder, der in Neu-Delhi eine Studentenvereinigung gegründet und geleitet hatte. Für ein Miteinander hat es nicht ausgereicht. Vieles blieb ungeklärt und absonderlich.
Zuletzt ein Engländer. Er war feige und abenteuerlustig, im Kopf einen Wirrwarr von Gedanken. Wir reisten quer durch sein Land. Er war sehr belesen und kulturinteressiert, sah in jeder Frau eine mögliche Partnerin.
Konzentrier dich auf das Studium! schrieb meine Mutter. Sie wusste nichts von meinen Männergeschichten, aber sie war eine instinktsichere Frau, die immer mehr ahnte als die anderen.
Es geht auch ohne Männer, schrieb ich ihr.
Mein Abschluss war nicht gerade glänzend, aber für meine Pläne würde das Ergebnis ausreichen. Ich arbeitete in einem kleinen Verlag, wusste sehr bald, das ist es nicht. Dann in einem Antiquariat. Bücher, Kunstbände, Annäherungsversuche durch den Besitzer.

Lassen Sie das! Verheiratete Männer sind nicht unbedingt das, was ich möchte.
Er ließ mich erstaunlicherweise in Ruhe. Ich lernte verschrobene Professoren kennen, leidenschaftliche Sammler, gerissene Geschäftsleute. Erwarb wichtige Kenntnisse, verstand einiges von Preisen, hatte kaum Zeit, in seltenen Ausgaben zu blättern oder darin auch nur ausschnittweise zu lesen.
Von der rentablen Geldanlage unseres Vaters, seinem Vermögen, wussten wir lange nichts. Erst als das Testament eröffnet, der Besitz verteilt wurde, war ich frei von beruflichen Verpflichtungen.

JAHRELANG SIND WIR, mein Mann, Frederic und ich, an den gleichen Ferienort gefahren.
Es ist doch immer nur dasselbe, klagte Leon mit verdrossener Stimme. Ich kenne alles in- und auswendig.
Es ist nie dasselbe, antwortete ich überzeugt.
Ich musste Menschen wiedertreffen, die Burgruine hinaufsteigen, der Wirtin dabei zusehen, wie sie für uns den Salat zubereitete, ihren Sohn, den Tunichtgut, ermahnte. Ich wollte im selben Appartement wohnen – nahe am Meer, wollte mir von Tavernen-Besitzern mit großzügiger Geste Schnaps anbieten lassen, den Lebensmittelverkäufer fragen, ob er endlich eine Frau gefunden habe. Ich wollte mich an Dimitris erinnern, den Geizhals, der verwegen auf dem Tisch getanzt und jungen Frauen Komplimente zugeworfen hatte.
Frederic war erfindungsreich, spielte mit dem Nichts, hatte keinerlei Schwierigkeiten im Umgang mit Gleichaltrigen. Für ihn war gerade dieser letzte Urlaub eine Befreiung gewesen. Er hatte sich mit einem Mädchen angefreundet. Händchen haltend waren sie jeden Abend am Strand entlanggegangen. Er war ausgeglichen und fröhlich. Danach freilich wurde er zum Einzelgänger.

Erst als an unserem Urlaubsort ein tragisches Unglück geschah, war auch für mich der Traum vorbei. Ein Vierjähriger, von seinen Eltern behütet und umsorgt, war in einem unbewachten Moment ins Meer hinaus gewatet, wurde dabei von einer Welle erfasst und ging unter.
Den ganzen Tag über sah ich seinen hellen Haarschopf im Wasser, hörte ich einen leisen, dünnen Schrei, am Strand war eine halbfertige Burg, lag ein rotes Eimerchen. Niemand wagte, daran etwas zu ändern.
Ich will daraus keine Geschichte machen, will das Erlebte weder bereinigen noch beschönigen. Ich brauche auch das Unerträgliche, das, was letztlich nie in Form gebracht werden kann.

MIT DIR IST ES NICHT IMMER LEICHT, sagt mein Geliebter, du lässt nicht locker, wenn du dir etwas vorgenommen hast.
Sei froh!
Bin ich auch. Wir zwei sind gegensätzlicher Natur.
Dann kann es nur gut gehen.
Ich habe mich meinen Geschwistern gegenüber kaum durchgesetzt, sagt Carsten. Vielleicht war das auch nicht nötig. Ich habe nicht gelitten, wenn sie mehr bekamen als ich.
Und später?
Ich handle erst dann, wenn etwas zu schmerzen beginnt.
Das kann mitunter zu spät sein.
Wir kichern wie Kinder, wollen die Angst verscheuchen, dass unser Zusammensein nur von kurzer Dauer sein, dass sich irgendetwas dazwischenschieben könnte, mit dem wir nicht rechnen. Ich küsse und umarme ihn, gestehe ihm meine Liebe. Du bist mir vertraut, nie fremd gewesen.
Und wenn wir heiraten?, fragt er mich.
Lassen wir uns dafür noch ein wenig Zeit.

ICH ZIEHE DIE JALOUSIEN HOCH und schaue verwundert hinaus.
Gott hat über Nacht die Welt neu erschaffen. Ein unberührtes Land liegt vor mir: Farne, Ahornbäume, Bäche; am Waldrand Rehe. Keine menschliche Spur, kein Haus, kein Pfad, kein Hinweisschild. Ich warte ab, bis mich einer dazu einlädt, das Paradies zu betreten. Es kommt keiner. Nur der Tag kommt, meldet sich mit Sturm, bringt alles durcheinander. Ich schließe die Fenster, setze mich an den Schreibtisch, notiere ein paar Zeilen.
Soll der Sturm weiter toben. In meinem Inneren ist es ruhig. Ich bin ausgeglichen. Das Glück hat sich mir nie lange verweigert. Und das Unglück? Ich bin eine Verschonte. Bis jetzt. Inwieweit ist der Mensch selber für sein Schicksal verantwortlich? Während des Studiums haben wir nächtelang darüber diskutiert. Zu einem befriedigenden Ergebnis sind wir selten gekommen. Wichtig ist, ein Ziel zu verfolgen, zu sagen: Das will ich, und ich werde auch erreichen, was ich will. So habe ich es immer gemacht.

Wirf dein Netz aus
Fang den Tag ein
Den widerspenstigen
Und lebe

ICH LESE GERNE UND VIEL. An manche Bücher, die ich schon gelesen habe, kann ich mich nicht mehr erinnern, nicht einmal an den Titel oder den Umschlag. Es mag dafür verschiedene Gründe geben. Entweder sie waren schlecht geschrieben, oder die Thematik hat mich nicht interessiert, oder es war die falsche Zeit für dieses Buch. Meistens lese ich nur die erste Seite, dann weiß ich schon, ob ich es kaufen werde oder nicht. Es gibt diese Wortverschwender, die ich nicht ertragen kann. Und es gibt die Wortkargen, die Präzisen, die ihre Sätze so formulieren, dass sich nichts mehr hinzufügen lässt.

Einige Romane nehme ich immer wieder in die Hand, darin enthaltene Sätze altern nicht. Sie gefallen mir: *Vermutlich hatte es irgendwann eine Welt für ihn gegeben, die nur auf ihn wartete.*

Ich hatte das Glück, eine Lesung mit dem Schriftsteller zu erleben, der diese Zeilen geschrieben hat. Er saß auf einem Podest, wirkte klein und bescheiden. Ich war in der ersten Reihe, spürte seinen Worten nach, grub mich in sie ein. Am Schluss gab ich ihm meine Exemplare zum Signieren, trug sie nach Hause wie eine Kostbarkeit. Der Autor ist gebürtiger Schwede, hat Philosophie studiert. Seine Gedankengänge haben etwas Tiefgründiges und doch Schlichtes. Er ist kein Skandal-Schriftsteller, wird es nie sein. Andere mit ihm zu vergleichen kann nicht gelingen. Jeder hat eine andere Vorgeschichte, einen anderen Bezug zum Leben, zur Symbolik. Jeder hat seine eigene Sprache. Auch das ist ein Satz von ihm: *Niemand wusste genau, was ein Mensch war. Hinter dem Menschen war ein Dunkel, unvereinbar mit allem, was von ihm gesagt wurde.*

Ein mir unbekannter Autor soll sechzig Jahre an einem Roman geschrieben haben. Zwischen den Zeilen müssen sich Einsiedlerkrebse angesiedelt, werden die Wellen die Sätze unterspült haben, sie konnten richtig durchatmen. Das Werk ist zu dem geworden, was es jetzt ist: einmalig, zeitlos, gültig auch für die nachfolgenden Generationen. Immer wieder stoße ich per Zufall auf Werke, die ich meinen ganz persönlichen Schatz nenne, als wären sie nur für mich geschrieben worden. Ich bedanke mich beim Schriftsteller, der schon nicht mehr lebt, sage ihm, dass sein Leben dadurch einen Sinn gehabt hat.
Der Dichter lächelt und schweigt. Was soll er sonst auch tun?

ETWAS ERWERBEN und auf Dauer besitzen wollen,
es muss nicht unbedingt das Goldene Vlies sein.

ES WAR NICHT GRÖSSER ALS ACHT ZENTIMETER, schreibt meine Freundin. *Ich habe es abtreiben lassen, weil der Arzt sagte, es wäre behindert, habe es lange in meinen Händen gehalten. Die Augen noch nicht für die Welt geöffnet, keine Wimpern, keine Fingernägel, eine glatte durchscheinende Haut, unfertig in allem, aber doch ein Wesen, dem ich einen Namen geben wollte. Ich sehe nichts von einer Behinderung. Der Arzt kann sich getäuscht haben. Anja, meine Anja, die nicht leben darf, weil mein Mann von Anfang an dagegen war. Ein behindertes Kind passt nicht in sein Weltbild. Ich habe mich gefügt. Allein hätte ich es nicht geschafft. Ich werde nach meinem Tod dafür bestraft werden. Es gibt übrigens eine Beerdigungszeremonie. Wenn du teilnehmen kannst, dann komm, mich würde es trösten.*
Sie hat ein Foto des toten Kindes beigelegt. Es beunruhigt mich. Ich bin froh, nie in eine derartige Situation geraten zu sein.

Ich kam ihrem Wunsch nach und fuhr in die mir fremde Stadt, blieb mehrere Tage. Sie ist ohne Charme und voller Gleichgültigkeit. Ich bin durch die Straßen gegangen, um etwas von dem einzufangen, was eine Stadt ausmacht. In Gedanken befand ich mich anderswo. Ich habe viel nachgedacht, auch über meinen Sohn.

Es war damals ein fast törichtes Spiel, als Leon und ich einen passenden Namen für ihn finden wollten. Es wird ein Junge, sagte ich selbstsicher. In meinem Leben war manches nach Wunsch verlaufen. Ein Junge, wiederholte ich und kam auf die absurdesten Ideen: Isidor, Hagen. Thore.

Wie soll er denn werden, unser Sohn?

Wie dein Freund Tom: still, zuversichtlich, welterfahren. Einer, der nicht davonläuft, wenn es darauf ankommt, der sich tapfer den jeweiligen Anforderungen stellt.

Tom ging ins Ausland, bevor unser Sohn geboren wurde. Wir haben nichts mehr von ihm gehört.

Drei Wochen vor der Geburt bekam ich Angst: Und wenn das Kind behindert ist? Es seinen Namen nie aussprechen kann? Ich mir das Bedauern der anderen Mütter anhören muss? Wer kann einem schon wirklich die Angst nehmen? Leon versuchte, mich zu beschwichtigen: Du immer mit deinen komischen Vorstellungen. Die Ängste verflogen, als ich Frederic im Arm hielt. Nichts fehlte. Er war gesund, hübsch und voller Unruhe.

Ich war nervös, überfordert, wusste mir oft nicht zu helfen. Sein erstes Wort, die ersten Schritte, das Abtasten der Dinge, das Hineingehen in die Welt, seine ersten Buchstaben, das Lesen und Betrachten von Bilderbüchern. Er war fügsam, in sich gekehrt. Als er heranwuchs, kam der Bruch. Warum bleiben Situationen nicht so, wenn sie gut und erfreulich sind?

Auf dem Friedhof sind noch drei Ehepaare. Kleine weiße Särge, offene Gräber für jene, die in den ersten Wochen gestorben sind oder nicht leben durften.

Der Mann meiner Freundin versteckt seine Augen hinter einer dicken Sonnenbrille. Er gibt uns beiden eine langstielige Rose, wirkt angeberisch und selbstgerecht, der Herr Staatsanwalt. Die Zeremonie ist schlicht, die Worte der Pfarrerin sind ohne Pathos. Sie spricht vom Schatz im Acker, reicht uns eine Perle.
Ich habe über meine Versäumnisse nachgedacht. Das Meiste lässt sich nicht mehr nachholen.

IM HAUS GEGENÜBER sitzt ein junger Mann an seinem Schreibtisch. Das Fenster weit geöffnet. Er starrt in etwas hinein, was ihn fasziniert oder sogar besessen macht. Ab und zu tritt wie in einem Theaterstück eine junge, attraktive Dame auf, setzt sich auf das Sofa und blättert in einer Zeitung, steht auf, geht in die Küche, rührt in einem Topf, kommt wieder zurück. Kein Wort, das sie miteinander sprechen. Jeder ist nur mit sich selbst beschäftigt, mit seinen eigenen Gedanken und Gefühlen. Nach einer Weile wird die Jalousie heruntergezogen. Das eigentliche Leben kann beginnen. Die Nähe des anderen suchen, einander abtasten, sich kennenlernen, Liebe und Leidenschaft, oder auch Aggression und beginnender Hass.
Ich bin ausgeschlossen. Die Vorstellung ist beendet, ehe sie begonnen hat.
Ich klatsche.

EIN KLEINES MÄDCHEN spielt direkt unter meinem Schlafzimmer. Ruft immer wieder „Mama". Das Wort klingt wie eine Liebkosung, eine große Liebeserklärung. Ich würde ihm gerne sagen: Du gehörst zu den Kindern, die geliebt werden müssen, ob man will oder nicht. Deine Stimme ist wie ein poetischer Gesang, wie ein Hohes Lied. Ich werde das Kind nicht näher kennenlernen. Es

wird aufwachsen, wird andere lieben, sich an die Mutter erinnern, von der es oft ermahnt wurde, weil es so anstrengend war.
Ich schlafe ein, kein Traum, der mir die Wirklichkeit noch einmal geschenkt hätte. Die meisten Situationen sind einmalig.

WAS ICH HASSE: Gedränge in der Straßenbahn, schlecht erzogene Kinder, überbesorgte Mütter, dummes Geschwätz, arrogante Männer.
Was ich liebe: geradlinige Menschen, einen Strauß Margeriten, helle Sonnentage, Treibsand, Wahrhaftigkeit.

JEDER TAG HAT EINEN ANDEREN GERUCH und eine andere Farbe, auch einen anderen Geschmack.
Ich öffne das Fenster, der Tag kann einsteigen, bereitwillig Platz nehmen. Ich werde mich treiben lassen, werde schweigen, beobachten, still sein.
Manchmal überfällt mich der frühe Morgen, wenn Schlaf und Traum noch nicht beendet sind, es noch etwas zu überlegen oder anzudeuten gibt. Er fordert mich heraus wie zu einem Ringkampf: Wach auf! Tu etwas!
Die Sonne wirft ihren ersten Schatten auf Dinge, die zu mir gehören, umschmeichelt mich mit ihrer Wärme, obwohl sie Lichtjahre von mir entfernt ist. Ich gehöre zu diesem Kosmos, so unbedeutend ich in diesem Universum auch sein mag.
Glücklich stimmt mich heute ein Brief, mit dem ich nicht gerechnet habe.
Carsten hat sich vorsichtig an mein Leben herangetastet. Er sagt, dass er mich liebt. Möchte wissen, wie ich zurechtkomme. Ob er helfen kann. Seine Fragen sind diskret. Er ist jung, weiß noch weniger von der Welt als ich, hat weder

eine Ehe noch eine Scheidung hinter sich. Seine Spuren sind kaum zu erkennen, sein Gang in die Welt ist leichtfüßig, sein Umgang mit anderen allzu vertrauensselig. Er wirbt um mich, ausdauernd und zäh.
Warum gerade ich?, habe ich ihn vor einiger Zeit gefragt.
Und warum nicht du?, antwortete er mit einem Anflug von Weisheit und Großzügigkeit.
Er drängt nicht, fordert nicht, lässt mich sein, wartet ab. Er hat eine schöne Handschrift. Die Buchstaben manchmal zu sehr aneinandergedrängt, als würde der Platz nicht reichen.
Ich bin unschlüssig.
Eine Stimme in mir, die nicht immer eindeutig ist, sagt Ja. Der Verstand Nein. Ich wäge ab, komme zu keinem Ergebnis. Noch nicht.
Seine Briefe bestimmen den Ablauf des Tages, machen mich heiter und unbeschwert. Ich telefoniere mit Freunden, deute lediglich an, dass sich mein Leben wesentlich verändern könnte.
Es wird auch Zeit, sagen sie.
Wofür?
Ich setze mich hin, schreibe meine Gedanken auf, erinnere mich an Männer, die ich nur einmal getroffen habe, und schon wusste ich, dass es mit ihnen keine Zukunft geben würde.
Worte fügen sich heute nicht zu einem Ganzen. Ich bin zu wenig bei der Sache. Verliebt? Ich räume das, was mich noch immer an vergangene Zeiten erinnert, in Schachteln, trage sie auf den Speicher, schaue durch die Dachluke. Wolken jagen einander. Es beginnt, dunkel zu werden. Die Dämmerstunden sind mir am liebsten, dieses Gefühl, dass sich der Tag verabschiedet, weil seine Helligkeit sich verbraucht hat.
Ich möchte dankbar sein für alles. Es gelingt mir nur selten.

BIS HEUTE HABE ICH EIN ZWIESPÄLTIGES GEFÜHL in mir, wenn ich an die Hochzeitsnacht mit Leon zurückdenke.
Für uns die Suite, sagte er und stand im Foyer wie einer, der nie etwas anderes getan hat, als sich in Luxus-Hotels aufzuhalten.
Teuer?
Er strich mir sanft eine Haarsträhne aus dem Gesicht. Das muss dich nicht kümmern.
Seidentapeten, das Bad aus Marmor, ein Bett für Lasterhafte, hohe Fenster, dicke Florteppiche, ein rotes Veloursofa.
Zuerst Sekt, sagte er.
Und dann?
Eine Dusche, das Liebesspiel, ausgedehnt und erfinderisch.
Du meinst …
Er drückte seinen Finger gebieterisch auf meinen Mund. Lass mich das machen!
Wir tranken auf unser Wohl, unsere Zukunft, schlossen die übrige Welt aus. Es gab nur mehr uns zwei.
Wir lachten, waren Kinder, die nicht wissen, was das Morgen bedeutet. Stürzten uns hinein in Abenteuer. Ich war frei und hemmungslos, befand mich im Jetzt, taumelte von einer Lustwelle in die andere, vergaß. Ein neuer Lebensabschnitt hatte begonnen. Ein Dasein zu zweit. Wir strapazierten das Glück. Ließen nicht locker. Es musste sich bändigen lassen, davon waren wir überzeugt.
In dieser einen Nacht hatte sich die Welt wie immer selbstgefällig um die eigene Achse gedreht. Als ich aufwachte, waren Glanz und Schönheit verschwunden.
Luxus verwirrt mich.

UNMITTELBAR NACH DER TRENNUNG von Leon spürte ich in meinem Inneren einen bohrenden Schmerz. Mich beherrschte nur dieser eine Gedanke: Meine Ehe ist geschei-

tert. Dann kam die Einsamkeit, kein Gesprächspartner, keiner, der bei wichtigen Entscheidungen geholfen, der mit mir über die Welt, über meine Ängste und Probleme gesprochen hätte, für die ich auf Anhieb keine Lösung finden konnte.
Irgendwann die große Erleichterung: Ich bin frei. Das Glück lag nicht mehr in der Zweisamkeit. Es lag vielmehr darin, auszugehen, wann und wie oft ich wollte; das zu tun, was mich interessierte; Bilder aufzuhängen, die Leon als unpassend empfunden hätte; einzukaufen, wozu ich Lust hatte. Mich mit den Menschen zu treffen, die mir wichtig waren. Das Belastende fiel von mir ab.
Du siehst gut aus, sagten Freunde. Du solltest dich verlieben.
Später vielleicht.
Ich besuchte einen Französisch-Kurs, war eine der Fleißigsten. Mühte mich redlich ab. Es blieb bei einfachen Dialogen. Das genügte mir. Allein verreisen? Nach langer Überlegung schloss ich mich einer Reisegruppe an. Es waren vorwiegend Ehepaare, denen ich mich nicht zugehörig fühlte. Sie machten anzügliche Bemerkungen, und wenn ich mehr als drei Worte mit einem der Ehemänner sprach, stand die Ehefrau schon hinter ihm, legte ihre Hand betulich auf seine Schulter.
Ich weiß, er gehört Ihnen. Ich will ihn auch gar nicht.
Die Reise war trotzdem lohnend. Ich habe den Reiseleiter mit meinen Kenntnissen überrascht, trank Wein, lag stundenlang am Strand, kaufte eine von diesen kitschigen Gottheiten, die an jeder Straßenecke angeboten wurden, dick und selbstzufrieden. Hatte meine Vitalität zurückgewonnen, entdeckt, dass ich es allein schaffen kann.
Wieder zu Hause begann ich damit, die Wohnung zu verändern. Und in Kürze war es so, als hätte Leon nie mit mir zusammengelebt. Ich rückte den Tisch an das Fenster, stellte ein Foto auf die Kommode, das er nicht mochte.

Im Schrank war wesentlich mehr Platz. Der Aschenbecher kam dahin, wo er immer war, Zeitungsstapel brachte ich in den Container, auch Fachliteratur, für die ich mich nur am Rand interessiert hatte. Ich ordnete meine Bücher, las mich in Stellen hinein, die mich glücklich machten.
Vielleicht habe ich Leon zu wenig Raum gegeben, erwartet, dass er sich meinem Leben unterordnen würde, bereitwillig und gutmütig. Das habe ich zu spät erkannt. Er ist ein feiner Mensch, still und naturverbunden, außerdem ein guter Beobachter. Unsere Vorstellungen vom Leben waren zu verschieden. Ich bin eine Grüblerin, eine, die es wissen will, auch das, was man nicht wissen kann.
Ach, lass das, sagte er oft. Es gibt so vieles, was wir nicht durchschauen.

JEDES MAL, wenn wir vom Urlaub zurückkamen, betrachteten wir die Dinge des Alltags geradezu mit Zärtlichkeit, als hätten sie in der Zwischenzeit verschwinden können. Wir öffneten alle Fenster, schauten erstaunt hinaus, strichen über Tisch und Kommode, lasen alte Zeitungen, horchten an den Wänden. Nirgendwo ein Feind, der mitgehört hätte. Auf dem Speicher suchten wir nach Fledermäusen und Mardern. Wir brauchten diese Gewissheit, dass wir alles wieder so vorfinden konnten, wie wir es verlassen hatten. Trotz allem hatte sich jedes Mal etwas verändert.
Es war mehr Luft zwischen uns und den Dingen, unser Lebensrhythmus langsamer, die Gespräche waren gefälliger, die Räume freundlicher bis zu dem Tag, an dem uns der Alltag wieder in Beschlag nahm, das Gewöhnliche uns einkreiste: Eine Sirene heulte, der Hausmeister mähte den Rasen, das Nachbarkind schrie, jemand trommelte an die Tür, die Milch lief über. Wir stritten uns wegen Kleinigkeiten.
Wie war es?, fragte ein Freund nach einigen Wochen.

Ach, du meinst den Urlaub.
Das Meer, das wir betrachtet hatten, zog sich langsam, aber stetig zurück. Was folgte, war eine Zeit der Ebbe.

EINEN PINSEL IN DIE HAND NEHMEN und malen: Mischwälder, eine Frau im Bikini; wilde Tiere; das aufgewühlte Meer; Häuser, in denen das Leben verstummt ist; ein Schiff auf hoher See, beladen mit Menschen, die nur zwischen den Kontinenten zu Hause sind.
Bilder wie Eintagsfliegen. Das meiste nur andeuten.

ENDLICH HABE ICH den schwarzen abgewetzten Ledersessel, der ursprünglich der Schwiegermutter gehört hatte, loswerden können. Eine Frau um die fünfzig hat sich dafür interessiert, ihn auch gleich abgeholt. Ich mochte das Möbelstück nicht, es nahm zu viel Platz ein.
Von meiner Mutter, sagte Carsten häufig.
Ich weiß, was von ihr stammt, ist dir heilig, und es ist unantastbar. Warum bist du nicht bei ihr geblieben? Händchen haltend, für sie sorgend, obwohl sie selber für sich sorgen kann?
Hör auf!
Nein, ich höre nicht auf!
Aus dem anfänglichen Geplänkel wurde jedes Mal ein heftiger Streit. Er ging zu seiner Mutter, klagte über mich, kam zurück, verdrossen, überfordert, viel zu feige, um auf Dauer etwas zu ändern.
Das musst du verstehen, eine kränkelnde Mutter kannst du nicht einfach im Stich lassen.
Ich verstehe gar nichts. Sie wird weiter kränkeln, dich nötig haben für den Einkauf, den Garten, für das Überziehen ihres Bettes, für alte und neue Geheimnisse, für alles, auch dafür, um ihr kurz vor dem Tod die Füße zu waschen.

Die Besuche bei ihr wurden für Leon zur Pflicht. Wir schwiegen uns an. Das ist kein Thema mehr, dachte ich. Es war immer ein Thema. In meinem Kopf rumorte es, wuchs der Hass auf eine Frau, die ihren Sohn als persönliches Eigentum betrachtete und nicht locker ließ.

GELEGENTLICH SPRACH MEIN MANN von seinen Sekretärinnen. Er schwärmte von ihren schönen Beinen, den kurzen Röcken, den weit geöffneten Blusen, ihrem Charme, ihrem Fleiß. Ich dachte mir nichts dabei. Ich war so sicher in unserer Zweierbeziehung. Lachte. Wann wurde er mir das erste Mal untreu? Ich fand lediglich Hinweise, aber keine direkten Beweise. Ich bin ihnen nicht nachgegangen. Ich wollte blind sein, darüber hinwegsehen, dass unsere Ehe nur mehr darin bestand, dass wir am Abend gemeinsam aßen, lapidare Sätze austauschten: Wir sollten das Wohnzimmer streichen, Freunde zu uns einladen, ins Theater gehen. Das Verschwinden unseres Sohnes hatte ihn verändert. Er hat nie mehr mit mir darüber gesprochen, fing zu grübeln an, hielt uns beide für Versager. Wir stritten häufig. Keiner wollte so richtig daran schuld sein. Die Situation hätte uns zusammenschweißen können, das Gegenteil war der Fall.
Nur ein einziges Mal bin ich Leon nach unserer Trennung in der Stadt begegnet. Er stieg in die Tram ein, Händchen haltend, turtelnd mit dieser einen, etwas schlanker geworden, die Gesichtszüge härter. Vermutlich habe ich mir das alles nur eingebildet. Eine Freundin sagte mir dann, dass er weggezogen sei. Ich war erleichtert.
Was mir an Leon gefiel: die Bereitschaft zur Versöhnung. Verständnis für meine Allüren, eine Großzügigkeit, die unsere Freunde schon als Verschwendung bezeichneten. Was ich nicht ertragen konnte: die enge Beziehung zu seiner Mutter, seinen beruflichen Übereifer, sein Desinteresse an der Entwicklung unserer Welt.

UND WIEDER SUCHE ICH IM KINDERZIMMER einen Hinweis auf das Verschwinden meines Sohnes. Ich blättere die Schulhefte durch, dann die Bücher, finde am Rand ein paar Stichpunkte: Totes Meer, Salzseen. Das Dach der Welt. Timbuktu. Getragen werden.
Ich kenne Frederic nicht, habe ihn nie gekannt. Im Atlas suche ich nach dem, was in winziger Kritzelschrift vermerkt wurde, finde Wüsten, das Dach der Welt, Grenzen, staune über die Größe einzelner Länder, über seltsame Namen, verschwinde in Schluchten, stehe vor Wasserfällen, verliere mich im Niemandsland. Das Tote Meer also. Oder … oder … Hinweise, mehr nicht, vielleicht nicht einmal das. Es kann genauso gut sein, dass im Erdkundeunterricht darüber gesprochen wurde und Frederic seinen eigenen Phantasieweg gegangen ist. Ich suche weiter. Suche nach Anfängen, vielversprechend, leicht, aber auch verwundbar. Erinnere mich an Probleme, an sein Schweigen, seinen Trotz. Seine Nähe.
Ich sollte damit aufhören, ständig über sein Leben nachzudenken.

IN DER OBERSTUFE hatte Frederic einen Religionslehrer, der das Wort Gott genauso gemieden hat wie das Wort Teufel. Mich wundert, dass ihm die Lehrerlaubnis nicht entzogen wurde. Er war ein übersteigerter, auch chaotischer Typ. Die Schüler mochten ihn, vor allem seine Ansichten. Er konnte viel und gut erzählen, von sonderbaren Begebenheiten, von der Fallhöhe, von Prophetien und Zauberkult, Heimsuchung und menschlicher Hybris.
Psalm 23 soll sein Lieblingspsalm gewesen sein. Dort heißt es: *Mein Becher ist gefüllt bis zum Rand.* Dazu braucht es freilich keinen Gott, da ist sogar der Gedanke an ihn überflüssig.

Manchmal hätte es Frederic gut getan, wenn jemand den Namen des Höchsten mit Ehrfurcht und Demut ausgesprochen, zugleich aber auch auf das Niedrige, Diabolische hingewiesen hätte. Er hätte diese Spannung durchgehalten. Er hat sie selbst in sich. Seine Irrwege sind vermutlich deswegen entstanden. Ich konnte ihm nicht die Richtung weisen, die für ihn ausschlaggebend gewesen wäre.
In meinem Religionsunterricht gab es ein paar zentrale Themen: die Dreifaltigkeit, das sechste Gebot, der sonntägliche Kirchgang, die Beichte. *Ein Auge ist, das alles sieht, auch was in finstrer Nacht geschieht.* Im Schlafzimmer meiner Großmutter hing ein großes Jesusbild, der Erlöser mit geöffnetem Herzen. Es hat mir Angst gemacht.
Danach gefragt, ob ich an Gott glaube, antworte ich: Mein Gott ist eher schweigsam. Er meldet sich nicht freiwillig zu Wort. Lässt mich allein mit all den Ungereimtheiten, den vielen Fragen und Zweifeln.

SEIT DEM FRÜHEN MORGEN regnet es in Strömen. Ich schaue hinaus. Der Abfluss ist verstopft. Die kleine Seitenstraße überschwemmt. Meine Arche wird nicht untergehen. Ich habe sie aus stabilen Wörtern gebaut. Um mich herum sind Menschen, die mir in allem zur Seite stehen, mir helfen, wenn ich nicht mehr weiter weiß. Einer ist immer für mich da, macht mir Friedensangebote, wenn ich allzu streitsüchtig bin.
Damals war es ein Regenbogen, ein Zeichen der Versöhnung zwischen Himmel und Erde. Ich habe als Kind daran geglaubt, ihn berühren zu können, lief ihm entgegen, lief mir die Fußsohlen wund. Irgendwann verstand ich, dass vieles nicht mit den Händen zu greifen ist.

EINE FREUNDIN SCHREIBT MIR: Ich will Abstand für längere Zeit, mir wird alles zu viel.

Das kommt überraschend. Erst vorige Woche haben wir uns getroffen, haben lange und intensive Gespräche geführt über die einzelnen Religionen, den Sinn des Lebens, über Reisen. Auch sie lebt allein, kommt damit nicht zurecht, ist pausenlos unterwegs, schließt Kompromisse, die ihr vermutlich mehr schaden als nutzen. Ich habe nicht gemerkt, dass ihr meine Nähe nicht bekam. Und jetzt?
Ich werde nachdenken. Sie hat nicht ausgesprochen, was sie kränkt, worüber sie sich ärgert, was wir verändern könnten oder müssten.
Manche Freundschaften lösen sich auf.

MITTEN IN DER NACHT ruft mich eine Bekannte an.
Ich habe im Tagebuch meines Mannes gestöbert, sagt sie.
Und warum?
Ich wollte herausfinden, ob er Geheimnisse hat.
Ist es so?
Er war einige Male im Puff.
Vor oder während eurer Ehe?
Davor.
Was geht es dich an?
Wir waren verlobt.
Verlobt ist nicht verheiratet.
Und jetzt? Wirst du es ihm sagen?
Nein, er erträgt es nicht, wenn ich in seinen Sachen schnüffle.
Dann behalte dein Wissen für dich.
Ich lege auf. Atme tief durch. Ich will das alles gar nicht erfahren. Ich habe mit meinem eigenen Leben zu tun. Auch ich habe meine Geheimnisse.

DIESES BUCH musst du unbedingt gelesen haben.
Muss ich das? Mir genügen außergewöhnliche Sätze: *Ein Kind sitzt am Brunnen und wird langsam alt.*

DU BIST MEIN FENSTER ZUR WELT, Geliebter, es ist groß und hell. Du zeigst mir Facetten des Lebens, die mir bisher fremd waren, hast eine andere Sicht auf Menschen und Dinge. Du bereicherst mich.
Lobgesänge auf einen Mann, mit dem ich erst seit einem Jahr zusammenlebe. Er entwirft Gebäude, denkt in anderen Dimensionen als ich. Meine Gebilde bestehen aus Wörtern. Sie sind nicht immer tragfähig.
Wir entdecken viele Gemeinsamkeiten: den Blick für das Schöne, Gelungene, die Abneigung gegenüber dem Hässlichen, allzu modebewussten Frauen und karrieresüchtigen Männern. Wir freuen uns an der Natur, wollen den Sinn des Lebens darin finden, etwas zu gestalten, was es in dieser Form nie gegeben hat. Wir nehmen uns Zeit für ausgedehnte Unterhaltungen, ritualisieren den Alltag, retten ihn damit vor der Gewohnheit. Ich weiß, worüber Carsten nicht gerne reden möchte, kenne seine Gestik, seine Schwäche für teure Restaurants, den Tonfall seiner Stimme, wenn er wütend oder ausgeglichen ist. Die Wahl seiner Worte.
Was eben erst begonnen hat, darf sich fortsetzen.

Fäden in der Luft
Aber keine Rettung
Über das Wasser
Nicht eine einzige Straße
Deine Wörter
Manchmal
Ein fliegender Teppich

IM BRIEFKASTEN FINDE ICH einen Brief von Günter. Das Kuvert schwarz umrandet. Trauerbotschaften bringen mich aus dem Takt, stören mein seelisches Gleichgewicht. Ich lasse ihn bis zum Abend auf dem Tisch liegen. Ein Verkehrsunfall? Ein plötzlicher Herztod? Ein Selbstmord? Letzteres schließe ich aus. Seine Frau Hanni ist lebensfroh, kreativ und offen. Und der Sohn? Daran mag ich nicht denken. Er redet nicht viel. Die Eltern wissen kaum etwas von ihm. Ein behüteter Junge, der sich irgendwann dazu entschlossen hat, alles für sich zu behalten. Er schließt sein Zimmer ab, ist selten zu Hause, wird da und dort gesehen. Randaliert, wenn es sein muss. Die Polizei hat seinen Eltern oft genug peinliche Fragen gestellt. Er. Das kann nur er sein. Ein Ende, das er verdient hat. Der Gedanke ist frevelhaft.

Vielleicht doch Hanni. Manchmal war sie schwermütig. Dann fiel ihr der Pinsel aus der Hand, dann hat keine Farbe mehr standgehalten, wurde ihr alles zur Qual. Wenn die Phase vorbei war, malte sie wie eine Besessene, zehn Stunden am Tag. Keiner durfte sie dabei stören. Riesige Formate, Gesichter, immer nur Gesichter, später dann nackte Körper. Ihr Mann, gutmütig wie ein Bär, ausdauernd, großzügig, stand ratlos davor, wollte sich dazu nicht äußern. Er nimmt mich nicht ernst, klagte sie. Das tun andere für ihn, antwortete ich ihr. Die Ausstellungen waren meist ein Erfolg. Der Verkauf war beachtlich. Trotzdem nagten Zweifel an ihr.

Ich öffne den Brief.

Am Dienstag ist meine liebe Hanni verstorben.

Ich rufe ihren Mann an. Sie hat sich aus dem Fenster gestürzt, sagt er, hat nur zwei Stunden überlebt. Er weint, ich

weine mit. Fünfundzwanzig gemeinsame Jahre, vielleicht wären noch zwanzig dazugekommen oder sogar dreißig, daraus hätte ein erfülltes Leben werden können.
Das Grauen sitzt immer nahe am Glück, sagte Hanni einmal zu mir. Sieh dich vor! Depression ist Grauen, ist die Hölle.
Und das Glück?
Wenn sie wieder vorbei ist. Wann? Das lässt sich nicht mit Bestimmtheit sagen.
Ich habe sie regelmäßig zu Freunden oder Veranstaltungen mitgenommen, sie wie eine leblose Puppe hinter mir hergezerrt, ein Klotz am Bein. Alles in ihr war zu Stein geworden. Ich hatte mir entschieden zu viel vorgenommen, wollte sie wieder zum Leben erwecken. Das Grauen ist vererbbar, sagte sie. Mein Vater sah überall Gespenster, sprach mit ihnen. Mein Großvater … Ich wollte es nicht hören.
Jetzt ist das Grauen endgültig vorbei.
Ich suche nach Fotos: eine gemeinsame Schifffahrt, eine Radtour, ein Geburtstag. Aus ihnen ist kaum etwas herauszulesen, Bilder lügen. Der Mensch bleibt ein Rätsel.
Die Urne mit einem Häufchen Asche wird in eine Nische gestellt. Der Sohn ist nicht erschienen.

DER TOD IST EIN ABGRUND. Es ist ihm nicht beizukommen, weder mit Drohungen noch mit einschmeichelnden Worten. Er ist immer der Stärkere, der Sieger, das Dunkle und Mächtige in uns.

HÄTTE ICH NUR, könnte ich nur. Menschen, die fast ausschließlich im Konjunktiv denken und leben, sind mir zuwider. Sie haben ständig etwas zu bereuen oder nachzuholen, halten sich mehr in der Vergangenheit auf als in der Gegenwart.

Ich bin anders. Ich kann, ich will, ich muss: lesen, nachdenken, reden, schreiben, das vor allem. Ein häufiges Thema: meine Kindheit.

„Ich will ein rotes Federmäppchen, das getupfte Kleid und Ballettschuhe", sage ich zu meiner Mutter.
„Du wirst dich genauso nach der Decke strecken müssen wie alle anderen", antwortet sie, „wir sind kleine Leute, so viel Geld haben wir nicht."
„Ich will", sage ich und stampfe mit den Füßen auf.
„Verschwinde!"
Ich besuche Herrn Kramer, der täglich Patiencen legt, Stille um sich verbreitet, Erwachsene meidet und Kinder liebt.
„Was willst denn du schon wieder?"
„Nichts!"
„Und warum bist du dann hier?"
„Dir zuschauen."
„Wenn ich meine Karten lege, du Aas? Soll ich dir lernen, wie man sie bei einem richtigen Spiel zinkt?"
„Was ist das?"
„Du präparierst sie und gewinnst."
„Ich will ein rotes Federmäppchen."
„Ist das so wichtig?"
„Für mich schon. Du hast eine Glatze."
„Merkst du das erst heute?"
„Ich weiß es schon lange."
„So, und nun sei still, damit ich mich konzentrieren kann. Sonst hack ich dir die Finger ab."
„Mir?"
„Natürlich nicht, du bist ungefährlich. Aber andere machen mir das Leben schwer."
Er steht auf, nimmt seine Flinte.
„Ich geh Wildenten jagen. Möchtest du mitkommen?"
„Sie fallen vom Himmel, wenn du sie abschießt. Ich will ein rotes Federmäppchen."

Herr Kramer zieht einen Schein aus seiner Tasche.
„Da, du kleines, sympathisches Biest."
Wieder zu Hause sage ich zu meiner Mutter: „Ich will Ballettschuhe."
„Die bekommst du nicht, das hab ich dir schon mehrmals gesagt."
Ich gehe zu Rolf, dem Maler, sehe ihm dabei zu, wie seine Engel Flügel bekommen oder den Frauen riesige Brüste wachsen, Bäume in die Höhe schießen und der Weizen allmählich gelb wird.
„Du bist eine gute Beobachterin", sagt Rolf. „Ich werde dir beibringen, was du mit Farben alles machen kannst."
„Ich will Ballettschuhe."
„Du wirst also Tänzerin."
Ich nicke.
„Dir kann man einfach nichts abschlagen."
Er schenkt mir eine Münze, einen Pinsel und ein Blatt Papier.
„Es kann ja sein, dass du irgendwann zu malen anfängst."
„Mutter, ich will das getupfte Kleid."
„Geh zu deiner Taufpatin. Sie hat Geld genug."
Sofie sitzt im Garten und strickt.
„Was willst denn du schon wieder?
„Dich besuchen."
„Und was hast du diesmal für Wünsche?"
„Viele."
„Einer genügt."
„Dann das getupfte Kleid."

ICH BOHRE MEINE ZEHEN in den heißen Sand. So fühlt sich das Glück an, prall und sinnlich. Unwiderstehlich und ohne Schwermut.
Mein Geliebter schwimmt weit hinaus. Winkt.
Nein, nicht für mich. Die Tiefe gibt mir keine Sicherheit.
Er kommt zurück, umarmt und küsst mich.

Carsten will mir die Angst vor dem Wasser nehmen. Wichtiger ist, sage ich zu ihm, keine Angst vor dem eigenen Schicksal zu haben oder vor Menschen, die mir Böses antun wollen.
Wenn er lacht, zeigt er eine Reihe makelloser Zähne. Es gibt noch mehr Unterschiede zwischen ihm und mir. Das meiste jedoch fügt sich für uns beide zu einem Ganzen. Die Tage reihen sich aneinander wie gleichmäßig geformte Perlen.
Wir segeln, lassen uns von einem Fischer zum Angeln mitnehmen.
Keine Bedenken?
Wenn du dabei bist, nicht.
Wir erleben Tage, die wegen ihrer Vollkommenheit verboten sein müssten. Wir nehmen einander ernst. Vielleicht ist es das. Nicht mehr und nicht weniger: Wir argumentieren, sprechen über unsere Ansichten, auch über Trauer und Neid, über Liebe und Hass, falsche Selbsteinschätzung, über Schamlosigkeit und Torheit.
Du bietest mir Schutz, sagt Carsten.
Also eine Mutter-Sohn-Beziehung.
Dafür bist du zu unabhängig, auch zu selbstsicher. Du musst dich nicht mit einem Sohn schmücken. Auch nicht mit einem Mann.
Schmuck ziert, antworte ich ihm.
Und wenn Frederic zurückkommt. Was machen wir dann?
Dann sind wir zu dritt oder zu viert.
Er ist schwierig, ordnet sich weder ein noch unter.
Er ist erwachsen, kann für sich selber sorgen.
Du hast recht. Er ist kein Kind mehr.
Du denkst zu viel. Du könntest malen, lesen, fotografieren.
Ich schreibe. Das genügt. Ich werde dir öfter ein paar Zeilen widmen, irgendwann einen Roman. Dadurch mache ich dich unsterblich.
Und zu einer Marionette, sagt er.

SO GANZ ALLMÄHLICH beginnen wir zwei damit, alte Möbel durch neue zu ersetzen, den gemeinsamen Geschmack zu pflegen. Wir achten dabei auf Farbe und Form, Nutzen und Schönheit. Diskutieren über die Vergänglichkeit, die Entwicklung der Welt, über unsere Eltern und unseren Freundeskreis, begeistern uns an der Kunst, lieben die Natur.

Carsten ist tolerant, ab und zu launisch, an fast allem interessiert, ausdauernd und klug.

Wir werden beneidet. Ihr passt wirklich gut zusammen, sagen die, die uns länger kennen. Es mag stimmen.

Dein Zuhause wird immer mehr auch mein Zuhause, sagt Carsten.

Ich umarme und küsse ihn.

Und wenn du wieder ausziehst?

Du meinst, um dich das Fürchten zu lehren? Angst vor der Zukunft lohnt sich nicht. Komm, sagt er, die Liebe heilt.

Wir berühren unsere überhitzten Körper. Ich vergesse, gebe meinem Bedürfnis nach und fühle mich frei.

Blau getönt mein Tag
Raum aus Licht
Steine nirgendwo
Zwischen den Bäumen
Hängematten
In der Schwebe
Dein und mein Glück

WENN MIR DANACH IST, flaniere ich stundenlang durch die Stadt.
Ich beobachte, horche hinein in das Ungezähmte und Laute, will etwas spüren vom Sog der Masse, möchte Gesichter betrachten, Sätze aufschnappen, die im Vorbeigehen gesprochen werden, mir Schicksale ausdenken.
Ein junger Mann fährt seine Mutter im Rollstuhl durch die Straßen. Das musste ich nie, einen Hilfsbedürftigen auf diese Weise begleiten. Meine Schwester hat alles übernommen, die Pflege unserer Mutter bis zu deren Tod. Sie ertrug mit großer Geduld ihre Absonderlichkeiten, die wachsenden Ansprüche, die vielen Torheiten – meine gute, opferfreudige Schwester. Sie wurde dafür belohnt. Mutter hat ihr den gesamten Schmuck vermacht, hat ihr den Himmel versprochen.
Darauf kann ich verzichten.
Eine Frau um die sechzig trägt eine langhaarige schwarze Perücke, vernichtet die Würde ihres Alters, macht sich lächerlich. Nur nicht jünger sein wollen als ich bin. Ich verschiebe einen unangenehmen Gedanken auf später.
Ein verliebtes Paar vergisst den Rest der Welt, küsst sich innig und ausdauernd. Mütter kreisen um ihre Kinder wie um einen Planeten. In einem Café sitzen Rentner, vom Leben belohnt oder benachteiligt, abgestumpft oder immer noch voller Neugier.
Straßenbahnen fahren in alle Richtungen. In den Geschäften werden Dinge angeboten, die meist überflüssig sind.
Die Stadt macht müde. Ich werde noch einen Kaffee trinken und dann nach Hause gehen.

CARSTEN UND ICH besuchen die Fotoausstellung eines Freundes. Klaus hat es weit gebracht, nicht gerade zu Weltruhm, aber immerhin zu einer lokalen Größe.
Wir kommen zu spät. Die Rede ist gehalten, der Weg zu eitler Selbstdarstellung der Gäste ist frei. Ich betrachte Bild für Bild, merke nach kurzer Zeit, da ist jemand, der hinter die Dinge sehen will, der sich nicht mit Oberflächlichkeiten zufrieden gibt.
Klaus ist fünfundfünfzig, etwas füllig, unruhig und ohne Leichtsinn. Was er betrachtet, verändert sich. Ein Gespräch mit ihm wird schnell wesentlich. Er erzählt, wo er überall gewesen ist, was er gesehen und gehört hat, wie sich sein Leben dadurch neu gestaltete. Er sucht das, was nicht auf Anhieb zu entdecken ist. Das verbindet uns.
Er lacht, trinkt wenig, ist schüchtern, fast ungelenk. Die meisten Gäste streifen mit ihren Blicken nur kurz die Bilder, begnügen sich mit harmlosen Plaudereien, reden dummes Zeug, sonnen sich im Ruhm des Künstlers.
Spät in der Nacht sind wir nur noch zu dritt. Der Raum gewinnt an Atmosphäre. Es wird still um uns. Ich gehe noch einmal von Bild zu Bild. Eine andere Welt öffnet sich mir. Ich bin zuversichtlich. Trinke mehr als ein Glas Wein, stoße auf unsere Zukunft an. Wir äußern Pläne, haben noch viele Wünsche für unser Leben, gehen hinaus in die Dunkelheit. Der Himmel ist voller Sterne. Für uns ist die Welt rund genug – wenn auch nur für diesen einen Abend.

ZIKADEN KÖNNEN SINGEN, weil ihre Brust hohl ist. Das ist ihr Resonanzraum.

SCHON ALS KIND habe ich an vielen Dingen Gefallen gefunden. Ich mochte Farnkräuter, kaputte Spiegel, die mein

Gesicht zerteilten, Möbel, die langsam von Holzwürmern aufgefressen wurden. Alte Zäune, die umfielen, wenn einer darüberstieg. Das Dämmerlicht, Koffer, in denen sich ungelesene Briefe befanden, die ihr Geheimnis bis heute noch nicht preisgegeben haben.
Dinge verschwinden zeitweilig, tauchen dann auf, wenn wir schon nicht mehr damit rechnen.
Sie sind nur in Vergessenheit geraten, durften oder mussten es, weil sie unbedeutend oder belastend, hässlich oder verbraucht gewesen sind.
Ich finde einen Brief von Kurt, dem schüchternen Schulkameraden von einst, der nicht küssen konnte oder wollte, mich umarmte, als wäre ich aus Luft, albernes Zeug redete von seiner Mutter, von einem Gestern, das nicht enden würde. Wir sind im Heute, sagte ich zu ihm. Gar nicht so einfach, antwortete er mir.
Mit dem Brief kommt auch die Erinnerung zurück: Wie sich Kurt im Unterricht voller Eifer über die Bücher beugte, sich selten meldete, in den Pausen abseits stand, sich mit niemandem unterhielt. Er kam von anderswo her. Ich wollte es nicht so genau wissen. Etwas Fremdes war zwischen ihm und mir, obwohl wir beide versucht hatten, Freundschaft zu schließen. Nur einmal war ich in der engen, sauberen Wohnung, sah die Mutter, die mit resignierter Miene, aber großer Höflichkeit den Kuchen hinstellte, im Nebenzimmer verschwand und uns beide allein ließ mit all der Einsamkeit, die in jeder Ecke spürbar war. Sie hätte unsere Freundschaft gern gesehen. Der Brief von ihm erklärte mir viel, aber längst nicht alles:

Liebe Theres,
es drängt mich, Dir zu schreiben, Dir wenigstens ansatzweise mitzuteilen, wie es mir geht. Ich wohne immer noch mit meiner Mutter zusammen. Sie ist nie im Jetzt angekommen, träumt von der verlorenen Heimat, zieht und zerrt an mir

wie an einem Gegenstand. Sie wird, wenn sie so weitermacht, ein übles Ende nehmen. Ich muss mich distanzieren. Dein Kurt.

Ich habe ihm nicht geantwortet, stattdessen eine Erzählung geschrieben.

„Unser Leben ist eingeteilt in ein Gestern und Heute", sagt die Mutter. „Du lebst im Heute und ich im Gestern."
Mehrmals am Tag, manchmal auch in der Nacht, wenn die Dunkelheit ihre Gedanken verdüstert, zieht sie den Sohn ins Gestern. Dann beginnt sie unvermittelt zu erzählen.
„Auf dem Friedhof habe ich Menschen zurücklassen müssen, die mir wichtig waren: Onkel Gerd, Großtante Hedwig, die den besten Hefezopf machen konnte, und eine Nachbarin, die dir die Liebe zu Büchern beigebracht hat. Sie stapelten sich bei ihr auf dem Tisch, der Kommode, dem Sessel. Ohne Bücher, konnte sie sagen, wäre ich ein Mensch ohne Arme und Beine. Ich hab dir einen Matrosenanzug gekauft. Du hast wie ein Mädchen ausgesehen, langes, blondes Haar, ein hübsches, unschuldiges Gesicht. Manchmal stelle ich mir vor, du wärst als Mädchen auf die Welt gekommen. Ich hatte schon einen Namen, eine Vorstellung von deinem Aussehen, deinem Charakter."
Der Sohn ist müde von ihren Geschichten, ihren Albträumen, den Schuldzuweisungen und Vermutungen, will nicht gestört werden in seinem Heute, erzählt von Lehrern, unzuverlässigen Freunden. Vom Sport.
„Ich lerne boxen", sagt er.
„Du?"
„Schattenboxen."
„Warum eigentlich nicht?"
Dann lässt er sich doch wieder auf die andere Seite hinüberziehen. Lässt sich von Dingen erzählen, die er noch nicht oder immer wieder gehört hat.

„In die große Buche hat damals der Blitz eingeschlagen", sagt die Mutter. „Wenn sie auf das Dach gefallen wäre, hätten wir beide nicht überlebt."
„Vergiss endlich!", sagt der Sohn.
Die Mutter stolpert hinein ins Heute, folgt seinen Fußspuren, seinen gut gemeinten Ratschlägen, bleibt stecken, geht wieder zurück.
„Ich kann nicht, ich will nicht", sagt sie.
„Dann bleib dort, wo du sein willst. Für mich das Morgen und Übermorgen."
Nach drei Wochen vergeblicher Suche wird die Mutter von einem Spaziergänger in einem abgelegenen Waldstück gefunden.
„Für mich das Heute", sagt der Sohn.

EINE NACHT DER STERNSCHNUPPEN, etwa hundert in der Stunde, kosmischer Staub von einem erloschenen Stern.
Ich werde wach bleiben. Wünsche äußern, die sich nicht so ohne Weiteres erfüllen lassen. Mich an der Unermesslichkeit des Horizonts erfreuen.
Meine Gedanken aufschreiben, sie hinüberretten in den kommenden Tag.

MONATE DER SPRACHLOSIGKEIT. Keines meiner Worte hat standgehalten. Sie waren seltsam farblos, unbedeutend und schwach. Was ich am Morgen geschrieben hatte, habe ich am Abend wieder durchgestrichen. Es stimmte nicht, wirkte konstruiert, der Bezug zum wirklichen Leben fehlte. Carsten hat es leichter. Er weiß um die Statik, das Fundament. Er baut nicht auf Sand, setzt Stockwerk auf Stockwerk, hat ein bewährtes, ausgeklügeltes System. Es gibt nichts Schlimmeres, sage ich einer Freundin, als eine Schreibblockade. Doch, das gibt es, sagt sie.

Die Haare sind ihr ausgefallen, sie ist unansehnlich dünn geworden. Sie hat Krebs. Was soll ich dazu äußern? Das Gewöhnliche: Wenn du mich brauchst, dann melde dich. Ich distanziere mich von allem und jedem. Mir will nichts mehr einfallen. Ich lese das, was andere schrieben: Vollendetes oder nahezu Vollendetes, Sätze voller Dynamik, hell oder düster, ausgewogen und ohne Übertreibung. Der Rhythmus stimmt, der Inhalt überzeugt.
Eine noch junge Schriftstellerin schildert in ihrem Roman sexuelle Übergriffe, schreibt mit Vorsicht und schmerzhafter Deutlichkeit. Ich bekomme eine Gänsehaut. Heikle Themen lassen sich auch bei mir nicht ausschließen. Ein Autor muss über alles schreiben können und dürfen: über das Verbrechen, die Schändlichkeit, Zusammenbrüche, Laster, Frevel, Selbstliebe, Affenliebe, unheilvolle Beziehungen, Mörder und Heilige. Er darf keine Angst haben, vor nichts und niemandem, er sollte beim Schreiben nicht an die Leser denken.
Ich habe wieder eine Idee. Ein erster Satz ist entstanden. Ich feiere meine persönliche Auferstehung.

ICH BIN
Keine Köchin
Keine Putzfrau
Keine Lügnerin
Keine Wohltäterin
Keine Faschingsprinzessin
Ich bin
Verliebt in Worte

DAS WASSER WAR KALT UND WIRKLICH. Auch so ein Satz, den ich in einem Roman entdeckte, der mich nicht mehr loslassen wird, der alles über das Leben aussagen kann.

SCHON SEHR FRÜH begann ich damit, meinem Vater außergewöhnliche Fragen zu stellen. Häufig weigerte er sich: Du immer mit deinen nutzlosen Gedanken! Mutter war ratlos, die Lehrer hatten keine Zeit für meine Absonderlichkeiten.

Geh zum Nachbarn! Er ist Philosoph, findet auch für hinterhältige Fragen überzeugende Antworten.

Es stimmte. Seine Antworten waren gründlich, nachvollziehbar, detailliert. Er führte mich mit einfachen Worten in die Grundideen der Philosophie ein, zeigte mir Bilder, kam mir dabei jedes Mal näher, irgendwann so nahe, dass ich die Flucht ergreifen musste. Seitdem suche ich in Büchern nach dem, was ich unbedingt wissen will: Was ist hinter den Dingen? Wo liegen unsere Anfänge? Wo ist Gott, dieser große Unbekannte? Und wenn mich das alles nicht überzeugt, suche ich die Antworten in mir selbst. Sie sind weder umfassend noch allgemeingültig noch präzise genug. Für mich reichen sie, müssen sie reichen.

Mit zwölf Jahren habe ich mich zum ersten Mal in einen Schulkameraden verliebt, einen pickligen, schüchternen Jungen. Er stand fast immer abseits, behielt kluge Gedanken für sich aus Angst, einer könnte darüber lachen. Lehrer hatten wiederholt versucht, ihn aus der Reserve zu locken. Wir machten lange Spaziergänge, sprachen nicht viel, benahmen uns wie ein altes Ehepaar, das über alles längst Bescheid weiß. Ich bin ein Einzelgänger, sagte er nach einigen Wochen. Ich passe nicht zu dir. Ich passe vermutlich zu keiner Frau. Er soll ein hervorragender Wissenschaftler geworden sein, hörte ich später.

EIN BRIEF VON MEINER SCHWESTER hat mich überrascht. Wir haben nur selten Kontakt, sprechen meist über alltägliche Dinge, wissen wenig voneinander. Sie klagt darüber, dass ich viel zu früh von zu Hause weggegangen sei und sie die ganze Bürde mit der Mutter auf sich genommen habe, dass ihr Mann sich keine Zeit nehme für die Kinder.

Gerade jetzt, wo es am wichtigsten wäre. Dein Sohn ist mittlerweile erwachsen und längst aus Deinem Blickfeld verschwunden. Deshalb kannst Du Dir vieles nicht mehr vorstellen. Finanziell geht es uns gut. Eine Trennung? Das kommt für mich nicht in Frage. Wenn ich einmal Ja gesagt habe, dann bleibt es auch dabei. Die Kinder werden irgendwann aus dem Haus gehen. Ich werde mich nach einer lohnenden Beschäftigung umsehen. Und Armin? Ich weiß wenig von ihm. Er verschließt sich mir, will am Abend seine Ruhe haben. Du hast es sicher besser getroffen, hast schon immer den besseren Part gehabt. Wenn Du willst, können wir uns bald wiedersehen.
Deine Schwester Monika

Ich werde mir Zeit lassen für ein Treffen.

GESTERN HABE ICH AUF DER STRASSE einen Freund von Frederic getroffen. Die Eltern haben ihm den ungewöhnlichen Namen Egmont gegeben. Er war nicht oft bei uns, höchstens dreimal, genauso wortkarg wie mein Sohn. Eure Dialoge bestehen fast nur aus Pausen, sagte ich damals. Den Witz wollten beide nicht verstehen. Ich fragte ihn, ob er etwas von meinem Sohn wisse.
Ich? Er hat nie über seine Pläne geredet. Ich habe immer nur Vermutungen angestellt.
Frederic schrieb mir eine Karte, die ich nicht verstanden habe, spricht vom Salz, das er auf seiner Haut spürt, wenn er eine Frau liebt.
Egmont sah mich entsetzt an. Das dürfen Sie nicht ernst nehmen. Wenn er etwas beherrscht, dann andere zu verunsichern, sie in die Irre zu führen. Frederic geht nicht unter, er ist zäh.

Und widerspenstig, ergänzte ich.
Ist es so schlimm für Sie, wenn er nicht mehr zurückkommt?
Ich wüsste gern, ob es ihm gut geht.
Das werden Sie vermutlich nie herausfinden.
Mütter sind unverbesserlich, rief ich Egmont hinterher, als er sich von mir verabschiedet hatte und rasch in einer Seitengasse verschwunden war.
Wieder zu Hause erinnerte ich mich daran, dass die beiden jedes Mal, wenn uns Egmont besuchte, das Zimmer absperrten, sich Filme ansahen, die weit über ihr Alter hinausgingen. Vielleicht machten sie auch erste sexuelle Erfahrungen. Ich hatte mitunter den Eindruck. Wenn sie in die Küche kamen, wirkten sie überhitzt und verwirrt, konnten mir nicht in die Augen sehen.
Ich weiß alles über meine beiden Kinder, sagte neulich eine Freundin zu mir.
Ein Irrtum.

ICH SPERRE DIE WOHNUNG AUF und bin überrascht. In der Diele stehen Schuhe, die ich nicht kenne, im Schrank hängen mehrere Anzüge. Auf dem Wohnzimmertisch steht ein Blumenstrauß. Die Bilder an der Wand sind mir fremd, Fotos von afrikanischen Frauen. Eine Tasse mit einem Rest Kaffee befindet sich auf dem Küchentisch. Das ist nicht mein Geschirr, das sind nicht meine Vorhänge, das ist nicht mein Zuhause.
Ich gehe hinaus, lese das Namensschild. Hier wohne ich – ohne Zweifel. Ich setze mich auf das Sofa, schaue zum Fenster hinaus, ein Hochhaus, das mir den Blick versperrt. Von gegenüber winkt einer. Ich gehe auf den Balkon, winke zurück, schaue hinunter. Ich habe bisher im zweiten Stock gewohnt. Jemand muss sich einen Scherz mit mir erlaubt haben.
Ich wache auf. Etwas wird sich ändern müssen.

NACHDENKEN ÜBER MÄNNER: Einige bleiben Kinder, die sich in ihrem Leben wie auf einem Spielplatz tummeln. Sie haben Angst vor dem Erwachsenwerden, lassen sich verwöhnen, brauchen ständig etwas, womit sie sich beschäftigen können.
Und dann gibt es jene, die über alles mit einer Gleichgültigkeit hinwegsehen, die nicht mehr erlaubt sein kann. Sie schließen sich in einen Kokon ein, nehmen nur aus der Ferne wahr, was um sie herum geschieht. Wirkliche Probleme existieren für sie nicht.
Eine ganz eigene Gruppe: Männer, strotzend vor Arroganz und Engstirnigkeit, die Krawatte korrekt gebunden, ein teurer Anzug, der ablenken soll vom Wesentlichen. Sie steigern Jahr für Jahr ihre Umsätze, haben längst den Blick für das Alltägliche verloren. Götter sind sie, die ihre Allmacht als Emblem auf der Brust tragen, die gleichzeitig an mehreren Orten sein möchten, sich unentbehrlich fühlen, die jede Nacht zum Tag machen. Übereifrig, vorschnell, maßlos überzeugt von dem, was sie planen und ausführen.
Am schlimmsten sind die Muttersöhnchen, die gar nicht wissen wollen, wie sie loskommen können von dieser lebenslangen Bindung, oder sie wissen es und haben Angst, ihre Mutter könnte an der Trennung sterben, die Arme: Du wirst doch nicht, du bist mein Sohn, mein Ein und Alles.
Und Carsten? Vorläufig nur das: Er ist noch jung. Mein Körper altert früher.
Alles hat seinen Preis, auch die Liebe.

IN SCHLAFLOSEN NÄCHTEN streune ich durch mein Leben wie ein heimatloser Vagabund, bleibe an diesem oder jenem Ereignis hängen, betrachte es mit Furcht, Freude oder Argwohn, verbunden mit dem Vorsatz, manches anders oder besser zu machen. Ich möchte denen nicht allzu gefällig sein, die mich nur ausnutzen

wollen. Ich will auch mutiger und eindeutiger in meinen Äußerungen werden.
Und wenn das erste Tageslicht mein Zimmer streift, die Dinge aus der Dunkelheit holt wie etwas längst Vergessenes, leicht Angestaubtes, setze ich in die Tat um, was mich bedrängt und seit Langem beschäftigt.
Da ruft mein Geliebter an. Wie geht's dir heute?
Ich weiß, du erwartest, dass ich mich endlich für dich entscheide.
Ich hab mich schon entschieden, sagt er. Ich komme.
Ich räume die Wohnung auf, ordne die Sofakissen. Stelle auf den Tisch, was er immer gerne gegessen hat. Wir werden reichlich frühstücken, wir zwei, uns Dinge sagen, wie nur Liebende sie zu sagen wissen, werden mit Zärtlichkeiten verschwenderisch umgehen, auch mit Schmeicheleien, mit allem, was nottut.
Es läutet. Die Nachbarin ist gestürzt. Können Sie mir helfen? Natürlich. Ich begleite sie zu ihrer Wohnung, rufe den Arzt an. Ich muss den Tag retten, diesen einmaligen, kostbaren Tag der Liebe. Wenn zwei zueinanderdrängen, sie sich längst einig sind, es nur noch diesen einen Moment braucht, um endlich sagen zu können: Wir gehören zusammen, dann beginnt die Schöpfung von Neuem.
Mein Geliebter tritt ein, umarmt mich, sagt: Wir werden heiraten.
Wir?
Du und ich.
Im Tageslicht sieht er noch schöner aus als sonst. Ich bin verliebt, das Alter schützt vor nichts. Am wenigsten vor Torheit.
Da wird sein unser Mund voll Lachens.
Wer je diesen Satz geschrieben hat, muss glücklich gewesen sein, oder er war kurz vor dem Ziel im verheißenen Land.
In mir ist eine Vielzahl von Wörtern, manche sind ungereimt, unerlöst, andere wieder abgerundet und voller

Poesie. Und wenn sie sich endlich befreit haben, ist auch mein Mund voll Lachens.
Ja, wir werden heiraten.

DIE FORMALITÄTEN haben sich schnell erledigt. Meine Freunde reagieren so, wie ich es erwartet habe: Hast du es dir auch gut überlegt? Lasst das meine Sorge sein! Wir laden sie nur zum Nachmittagskaffee ein. Irene verschlingt Carsten mit ihren Augen, Sybille legt ihre Hand vertrauensvoll auf seine Schulter. Souverän wehrt er allzu große Nähe ab. Befreundete Ehepaare lassen uns hochleben, mahnen, raten. Wir unterhalten uns über das Gelingen und Scheitern von Beziehungen, über genutzte, aber auch ungenutzte Chancen, über die Zukunft. Carsten küsst und umarmt mich, zeigt anderen gegenüber, wie wichtig ich für ihn bin. Ich bin eine vom Leben Privilegierte. Ich werde geliebt.

Überwintern
In deinen Worten
Den großräumigen
Auf jeder Seite
Ein Fenster zum Sommer
Der in kleinen Sprüngen
Näherkommt
Singen will ich

HEISSE SOMMERTAGE, in denen ich untätig auf dem Balkon liege, hineinhorche in die Welt. Meine Blumen lassen traurig die Köpfe hängen. Ich werde sie gießen. Kein Lüftchen, keine Wolke. Auf dem Nachbarbalkon sitzt ein noch junges Paar. Flüstert, spannt den Sonnenschirm auf, findet oder verliert sich in der Liebe. Kinder spielen lustlos im Gras, stolpern immer wieder über das Leben der Erwachsenen. Die Hauptstraße ist voller Geräusche.
Unterwegs sein, sich weder hier noch dort aufhalten, der vermutlich schönste Zustand. Ich bin schon immer gerne mit dem Zug gefahren, habe alles an mir vorbeifliegen lassen: Bäume, Telegrafenmasten, Bauernhäuser, Menschen, Bahnhöfe, Gleise.
Ein Kind ist hingefallen, schreit entsetzlich. Die Mutter weiß zu trösten, eine von den allzu besorgten, ängstlichen, die überall Gefahren wittern. Zwei Autos sind aneinandergestoßen. Der Ablauf des Tages wird sich für beide Fahrer ändern müssen.
Die Welt ist in Bewegung. Unser Erdball wird in einer Zeit, die für uns nicht mehr existent ist, in ein schwarzes Loch gleiten, die menschliche Geschichte wird zu Ende gehen und nach Jahrmillionen vielleicht einen neuen Anfang nehmen. Was wissen wir schon?

ES LÄUTET. Mein Sohn steht sauber gekleidet und ordentlich frisiert vor der Tür.
Du?
Wer sonst?, sagt er.
Komm rein!

Wir setzen uns ins Wohnzimmer. Ein anderer, denke ich, ein Fremder, eine Täuschung, ein Hirngespinst. Frederic beginnt zu erzählen, ein Redefluss voller Ungereimtheiten. Er verbirgt seine Lügen hinter gefälligen Worten, will mich überzeugen, dass sein Verschwinden gerechtfertigt war. Erzählt von seiner Frau, von Kindern, die er lieben könne, seiner Arbeit. Während er immer noch weiterredet, wache ich auf, setze mich aufrecht ins Bett. Schaue aus dem Fenster, Morgenstille. Nebel. Dahinter das Nichts.
Wie oft habe ich in den Medien gelesen, dass Menschen ohne nennenswerten Grund verschwunden sind, dass sie nach Monaten oder sogar Jahren zurückkamen, sich an den Tisch setzten, so taten, als hätten sie erst vor einem Tag dort gesessen. Sie berichten von der Firma, von Kollegen, von irgendetwas, das ablenken soll. Das, was gewesen ist, interessiert sie nicht mehr, es hat aufgehört zu existieren. In der Zwischenzeit ist viel passiert, bleibt eine Lücke, ein Abgrund.
Sollte Frederic wirklich kommen, werde ich sein Lieblingsessen kochen, in seinem Zimmer alles vorbereiten und ihn zunächst in Ruhe lassen. Ich werde ihm keine einzige Frage stellen.
Und wenn er dann wieder verschwindet, geht irgendetwas zu Ende, was nicht zu Ende gehen dürfte. Mütter zerren an ihren Söhnen, solange sie in Reichweite sind. Ich bin da keine Ausnahme. Geh weit weg, mein Sohn! Bleib im Salzland, in der Fremde! Versteck dich vor mir, benimm dich so, wie immer du sein wolltest: robust und derb, oder empfindsam und verwöhnt. Vermutlich hast du eine Geliebte mit einem klangvollen Namen, oder du gehst regelmäßig zu einer Hure. Es ist nicht wichtig. Ich will mir deine Frauen wenigstens vorstellen können: grazil, verführerisch, herausfordernd, nicht zu zähmen, weder durch Strenge noch durch Nachgiebigkeit. Das hast du nun davon, dass du fortgegangen bist. Keine

Mutter in der Nähe, die dir Ratschläge geben kann. Was rede ich? Ich habe selber nichts annehmen wollen von meiner Mutter.
Sie hat mir viel zu oft neugierige Fragen gestellt oder ungeschickte Bemerkungen gemacht: Wo bist du denn so lange gewesen? Du hast eine Schramme am Oberarm. Und deine Hausaufgaben? Dein Freund gefällt mir nicht. Benimm dich!
Ich habe Frederic zugeschüttet mit meinen Sorgen, ihn nicht richtig durchatmen lassen, ihn an seiner Entwicklung gehindert. Die Folgen haben sich gezeigt. Ich möchte sie akzeptieren.

WENN NICHT STERBEN KANN
Was lange schon tot
Verlass das Winterzelt
Draußen blüht das Jetzt

MIT ACHTUNDDREISSIG JAHREN schrieb ein ungarischer Schriftsteller: *Doch das Leben wollte von mir nur das eine, Wahrhaftigkeit. Das ist meine Bestimmung. Schwer, dies zu erkennen, und schwerer noch, es zu ertragen.*
Mit fünfundneunzig hat er Selbstmord begangen. Etwas war zu viel für ihn: entweder die Bestimmung oder die Wahrhaftigkeit. Oder die Lüge.

DER ERSTE GROSSE STREIT, verbissen und ausdauernd. Schuld daran ist meine Eifersucht.
Ich möchte andere Frauen wenigstens anschauen dürfen, sagt Carsten.
Es gibt nichts dagegen einzuwenden.
Hast du Angst?

Ständig.
Wovor?
Dich wieder zu verlieren. Ich weiß, du bist nicht mein Eigentum.
Ich stiere die Wand an. Keine Fliege, die ich verscheuchen, kein Nagel, den ich herausziehen könnte, lediglich Sätze wie: Das musste ja irgendwann so kommen. Dann dieses verbitterte Schweigen.
Was denkst du?
Wir sollten über unsere Schwachpunkte reden, über deine und meine Bedürfnisse.
Carsten umarmt und küsst mich, spricht von neuen Plänen, von Ideen, die noch keiner vor ihm gehabt haben dürfte. Dieses Mal möchte ich den Architekturwettbewerb gewinnen. Wir trinken Rotwein, stoßen auf unsere Versöhnung an. Ein heller, unverfälschter Ton, sagt Carsten. Mein Genie, sage ich, dränge ihn ins Schlafzimmer, möchte ihn in dieser Nacht liebkosen, als wäre sie die erste, einzige, letzte, als käme alles nur auf diese eine Nacht an.

EIN JAHR DES GLÜCKS, sagt Carsten. Mit kleinen, kaum nennenswerten Niederlagen, ergänze ich. Wir feiern allein. Wollen nichts herausfordern, keine dummen Kommentare hören, aussprechen, was zum Stolperstein werden könnte. Carsten gesteht, dass er ins Ausland will, andere Architekturen kennenlernen möchte.
Du kannst mitkommen.
Warum nicht? Schreiben kann ich überall.
Wir suchen nach Ländern, Städten. Inseln. Die Zukunft ist groß. Barcelona, Rio de Janeiro, Paris, Ottawa, Stockholm.
Nicht gleich, sagt Carsten.
Ich weiß viel zu wenig von deinem Beruf, sage ich zu ihm.
Das meiste ist Planung. Kalkulation. Die Phantasie muss sich der Realität anpassen.

Das ist bei mir genauso. Du hast mehr Spielraum als ich.

Wir vergleichen, merken, dass wir beide den richtigen Beruf gewählt haben.

Stockholm, sage ich, oder doch lieber Barcelona.

Im Herbst, sagt Carsten, wenn die Blätter fallen.

Er tanzt durch das Wohnzimmer, ein großer Junge, der das Leben nicht so ernst nimmt, der manchmal an die Hand genommen werden muss, damit er nicht davonflattert.

EINE DREIZEHNJÄHRIGE ist verschwunden. Frederic war sechzehn. Sie werden sich vermutlich nie kennenlernen. Sie nehmen andere geheime Wege. Auf dem Foto wirkt das Mädchen zart und verträumt. Vielleicht ist sie entführt worden. Ich schreibe eine Geschichte, habe das Gefühl, Verbotenes zu tun, mich einzumischen in ein fremdes Leben. Schriftsteller sind mitunter ohne Tabu. Sie kennen keine Scham, auch wenn das, was sie schreiben, häufig nur Fiktion ist.

Beim Schreiben spiele ich mit dem Schicksal anderer, ich lasse leben oder sterben, scheitern oder gelingen.

Fremde Biografien haben mich schon immer fasziniert. Ich will erfahren, warum Menschen es nicht geschafft haben, wo Brüche sichtbar wurden, ob sie einen Neuanfang gewagt haben oder einfach nur verzweifelten.

Mein Mann ist verschollen, erzählte mir meine Tante vor einigen Jahren. Er liegt irgendwo, vielleicht im ewigen Eis, weil die Sterne nicht hilfreich waren. Es kann auch sein, dass er in die falsche Richtung gegangen ist, er sich immer nur kurz in warmen Stuben eingenistet, ein Kind gezeugt hat und dann weitergezogen ist.

Wer das Risiko liebt, kann scheitern. Bedächtige machen kaum einen Fehler. Sie handeln selten, lassen meist andere für sich entscheiden.

WAS MIR WICHTIG IST: schreiben, lesen, Zeit für meinen Geliebten, das betrachten können, was lohnend ist, hinhorchen in die Stille, Gemälde, fremde Sprachen, Stimmen von Menschen, die mir gut tun, Küstenstreifen, ausgefallene Wörter.

MEINE KINDHEIT BEDEUTETE Duft, Farbe, Hitze, auch Anstrengung, böse Stimmen, Dunkelheit, Furcht vor Schlangen und heimtückischen Menschen. Ich ließ mich in die Sommertage hineinfallen wie in weiches Moos, habe schon früh das Überleben eingeübt, mich im Getreidefeld oder in einem Bierkeller versteckt. Ließ mich suchen, ich, das trotzige, widerspenstige Kind, das ungehorsame, ständig flüchtende, voller schmutziger Geheimnisse, wie Erwachsene vermuteten.
Die Ähren verneigten sich vor mir oder wichen respektvoll zur Seite aus. Sie streichelten meine Wangen. Kornblumen sahen mich an mit ihren blauen, aufrichtigen Augen. Und über mir war dieser weite, makellose Himmel. Und wenn ich der Religionslehrerin Glauben schenken konnte, war dahinter eine große, schützende Hand. Und zu Hause? Die Welt war klein. Frauen haben mein Leben bestimmt, vor allem die Großmutter. Wie ich mich an sie erinnern will:

An manchen Tagen ist das Haus meiner Kindheit bunt, dann blühen die Fensterscheiben, sind die Türen rot, blau und gelb. Wenn meiner Großmutter der Schmerz nicht an die Gurgel springt, ist sie eine Poetin. Der Tag wird sich dehnen und strecken, sagt sie. Wir Kinder starren sie wortlos an, wollen das Heute, das Morgen und Übermorgen, die Ewigkeit. Tage, in denen das Denken sich verschärft, die Bewegungen sich nicht zähmen lassen, das Spiel mit dem Guten und Bösen immer wieder neu beginnt.

Trotzig und hellsichtig sind wir, wünschen Großmutter den Tod, dann wieder das Leben. Sie hat viele Falten im Gesicht, den Mund voller Bosheiten. Manchmal verbreitet sie eine Furcht, die flügelschlagend den Raum eng macht, in dem wir erwachsen werden wollen. Dann beginnt das Haus zu schrumpfen, die roten und gelben Türen bleiben verschlossen, an den Fenstern verwelken die Blumen. Eine Eule schreit den Tod herbei. Die Tage können sterben, und du kannst gleich mitsterben, sagen wir zu unserer Großmutter. Sie hält sich mit beiden Händen an der Tischkante fest. Wir fühlen uns schuldig. Nein, Großmutter, du sollst leben. Heute, morgen, übermorgen. Das Haus meiner Kindheit ist rot, gelb und blau.

UNSERE LIEBE wird viel zu oft vom Alltag eingeholt. Noch finden wir Nischen genug. Carsten und ich nehmen uns ausreichend Zeit füreinander. Lassen niemanden in unseren innersten Kreis. Die Abende gehören uns, auch das Wochenende. Wir planen über den Tag hinaus, tun so, als ob nichts und niemand unser Zusammenleben je gefährden könnte.

Ich bin lebenssatt, konnte unsere Nachbarin sagen, wenn ihr die Sonne direkt ins Gesicht schien und kurz alles vergoldete.

Bei mir ist es anders: Ich bin lebenshungrig, will noch viele Jahre zusammen sein mit einem Mann, der voller Ideen ist, der Rücksicht nehmen, auch warten kann. Der mir immer wieder sagt, wie schön ich sei, wie begehrenswert er mich finde.

Wir machen Entwürfe für die Zukunft, nehmen manches wahr, wozu andere gar nicht fähig sind: einen Streifen Licht, der zwischen die Bäume fällt; ein Kinderlachen; ein offenes Fenster, aus dem sich eine Frau lehnt, die alles von der Welt zu wissen scheint; eine Blume, die im Garten vergessen wurde; eine Stimme; eine Bühnenfigur; ein richterliches

Urteil, mit dem niemand gerechnet hatte; Wipfel, die sich gefällig im Wind neigen; das heimtückische Gesicht einer Eule. Ein seltenes Bauwerk.
Da sein und leben.
Ich träume von einer Liebe, die nicht aufhört. Von einem übervollen Becher, wie es in der Bibel heißt.

NICHTS RETTET VOR DER STERBLICHKEIT. Ich muss diesen Satz geträumt haben, bin in der Nacht aufgestanden und habe ihn auf ein Blatt Papier geschrieben.
Uns rettet nichts und niemand: keine Arznei, kein Ratschlag, kein Freund, kein Gott, kein Mythos.
Wir sind und bleiben Sterbliche.

DEINE JUGENDLICHE ART ermutigt mich, sage ich zu Carsten.
Wozu?
Mich nicht gehen zu lassen, mich zu schminken, adrett zu kleiden, dir zu gefallen.
Du willst mich einholen?, fragt er. Bleib da, wo du bist!
Also bin ich doch wie eine Mutter für dich.
Eher eine Partnerin, die zwar älter, aber dafür erfahrener ist als ich.
Ein Geplänkel, ein Pingpong-Spiel über unseren Altersunterschied – noch sehe ich keine Gefahr. Wenn alles gesagt ist, was über den Tag gesagt werden musste, wenn wir die Müdigkeit, den Missmut aus uns herausgeredet, einen neuen Standpunkt gefunden haben, sagt Carsten häufig: Wir werden es schaffen. Was? Das Leben. Als Ganzes? Ich denke mittlerweile in kleineren Schritten.
Er nimmt mein Gesicht in seine Hände. Heute bin ich ganz sicher, dass wir es schaffen. Und morgen? Das Heute muss dir genügen.

Wir lassen niemanden teilnehmen an dem, was uns gehört. Intimgeständnisse gehen nur uns beide etwas an. Trotz allem nagt etwas an unserer Liebe, sind die Worte nicht immer tragfähig genug, unsere Treueschwüre seltsam kraftlos. Etwas verändert sich.

Langsamer und kürzer
Die letzten Schritte des Sommers
Meine Liebe wird herbstgelb

EINMAL IN DER WOCHE trifft sich Carsten mit Kollegen zu einem Geschäftsessen.
Ist das für dich so wichtig?, frage ich ihn.
Wir sind ein Team.
Könnte es sein, dass du an diesem Abend mit einer Frau ausgehst?
Ich bin eifersüchtig, auch misstrauisch. Das ist keine solide Basis für ein weiteres Zusammenleben, sagt er.
Ich kann dich nicht mitnehmen. Wir führen nur Fachgespräche. Fast nur. Wir werden demnächst verreisen, wir zwei.
Ich umarme ihn. Du Guter, Treuer, Liebenswerter.

WÄHREND ICH AN EINEM dieser trügerischen Tage den Tisch decke, sagt Carsten mit ruhiger Stimme: Es geht auf Dauer nicht mit uns beiden.
Ich bin dir also doch zu alt?
Das ist es nicht.
Was ist es dann?
Du engst mich ein, willst zu viel Nähe, willst diese Ausschließlichkeit.
Das hast du von Anfang an gewusst.
Er umarmt mich. Wir können Freunde bleiben.
Ich werfe alles auf den Boden, was mir in die Quere kommt, trommle wie eine Verrückte auf ihn ein.
Er packt mich sanft an den Schultern: Nicht von heute auf morgen.
Du bleibst?
Vorläufig.

Es werden noch zehn Wochen. Stunden und Tage der Vorsicht, des Gehens auf Glatteis, des Ausweichens vor Konflikten. Der Abstand wird größer. Meine Gefühle für Carsten sind stark und innig. Er bedeutet mir immer noch alles. Ich schreibe ihm Liebesbriefe. Er legt sie, ohne sie gelesen zu haben, in den Schreibtisch, arbeitet mehr als sonst, trifft sich öfter als sonst mit seinen Kollegen.
Ist eine Frau im Spiel?
Das muss nicht unbedingt sein. Der Raum um mich, verstehst du.
Ich verstehe nichts, will nichts verstehen. Du hast dein Zimmer, deinen Beruf, eine kluge Gesprächspartnerin.
Das werde ich auch vermissen.
In unserer Wohnung fehlt schon jetzt etwas: seine Anwesenheit, seine Wärme, die Zärtlichkeit. Er geht damit aus dem Haus, bringt Fremdes zurück.
Und unsere Liebesgeständnisse?
Keine Angst. Sie bleiben alle hier.
Ich werde dir nicht mehr erzählen können, dass mich jedes Jahr der Wintereinbruch traurig macht, dass die ersten Krokusse mich wieder heiter stimmen. Wenn mir eine Erzählung gelungen ist. Ich kann dir nicht mitteilen, wenn Frederic mir schreiben oder sogar unerwartet auftauchen sollte. Wenn mir in einer Ausstellung ein Bild besonders gefallen hat, wenn Töne in meinem Kopf tanzen.
Hör auf! Erzähl es einem anderen oder deinem Spiegelbild.
Verzeih, das war bös von mir.

ICH ERINNERE MICH NOCH GENAU an den Tag, als Carsten die Idee hatte, dass wir uns auf dem Land ein Häuschen kaufen sollten. Warum nicht? Über uns ein größerer Himmel, ein anderer Geruch, Tiere, die wir nicht zum Bleiben gebeten haben, Feuer im Kamin, Bäume, die uns bereitwillig Schatten spenden.

Wir suchten lange und mit dem ehrlichen Bemühen, auch eines zu finden. Immer gab es triftige Gründe, vom Kauf abzusehen: zu nahe an einer lauten Straße, zu einsam, baufällig, zu teuer. Dann endlich: Das Häuschen war renoviert, hell und sauber, eine günstige Verkehrsanbindung, Birken, ein Bach. Der Preis stimmte.

Unser Paradies, sagte Carsten und hatte diesen Blick, den ich so an ihm liebe. Du hast es ja auch gekauft.

Mehr als dreimal sind wir nicht dort gewesen. Es kam häufig etwas dazwischen: ein Arbeitsauftrag, die Krankheit eines Freundes, eine Einladung.

Die Natur hat uns immer gutgetan. In der Nacht hörten wir den Bach rauschen, eine Maus huschte durch den Raum, ein Knistern da und dort. Ich fühlte mich wohl, schrieb viel und anderes.

Das alles sollte endgültig vorbei sein?

Ich werde hinfahren. Ich will wissen, ob etwas von dem geblieben ist, was wichtig und kostbar war.

Ich lasse das Auto am Straßenrand stehen, steige aus. Gehe ein Stück durch dichtes Gras, habe das Gefühl, etwas Verbotenes zu tun und muss erkennen. Das Wunder, dass sich plötzlich die Tür öffnet und mich Carsten einlädt, hineinzugehen, wird nicht geschehen.

Wieder zu Hause, wollte ich mich genauer erinnern an das, was ich gesehen hatte: ein kleiner gepflegter Garten, Gemüsebeete, Sträucher. War da nicht sogar eine Stimme? Hell und übermütig. Sicher von einer Frau, die das Schöne und Nützliche miteinander verbinden kann. Vielleicht habe ich das alles nur geträumt.

Es läutet, das unnütze Denken kann aufhören. Die Schauspielerin vom dritten Stock steht draußen. Darf ich eintreten? Natürlich! Ich bin in Not, sagt sie. Erzählt von Geldschwierigkeiten, vom Sohn, der ihr nicht helfen will, dann vom Theater, in dem sie Glanzrollen gespielt hat. Verliert sich gänzlich in der Vergangenheit.

Ich war immer besser als die anderen. Die Texte konnte ich mir mühelos aneignen. Dann war es plötzlich vorbei. Der Vorhang schließt sich, und Sie stehen davor und wissen nicht, wie Ihnen geschieht. Ich brauche dringend Geld. Natürlich könnte ich meinen Schmuck verkaufen.
Und warum tun Sie es nicht?
Ich hänge daran. Jedes Schmuckstück hat seine eigene Geschichte, diese Halskette zum Beispiel.
Sie greift danach, berichtet mir ausführlich von ihren Reisen. Südamerika, Kuba, Australien, Griechenland.
Ich war fast nur unterwegs. Verzeihen Sie! Könnten Sie vielleicht …?
Nein!
Sie steht auf, greift noch einmal nach ihrer Halskette, geht ohne Gruß.

IN MEINER HANDTASCHE entdecke ich: einen alten Kalender, eine Visitenkarte, einen Notizblock, eine Einkaufsliste, einen Bleistift, eine Konzertkarte, einen Zettel, auf dem ein wichtiger Arzttermin vermerkt ist.
Beweise für mein Leben. Eine Spur findet sich immer.

ICH VERMISSE CARSTEN, seine behutsamen Worte, seine Art, wie er den Arm um meine Schulter gelegt hat, seine Nähe und sein Einfühlungsvermögen.
Wir haben keinen Kontakt mehr. Es ist besser so, sagte er mir bei unserem letzten Treffen. Warum schaffen es manche Ehepaare, die sich getrennt haben, Freunde zu bleiben?
Ich weiß nicht, wo er wohnt und wie es ihm geht, ob er eine bestimmte Zeit im Ausland verbringen wird oder nicht. Ich beneide jene Frauen, die in seiner Nähe sind, auch seine Arbeitskollegen. Was mir neulich passiert ist, darf sich nicht wiederholen.

Ich war in der Innenstadt, um ein paar wichtige Einkäufe zu erledigen, dachte an Carsten, sah vor mir einen Mann. Das ist er, das muss er sein. Seine Körperhaltung, der Gang, der Anzug. Er ist es.
Carsten!, schrie ich und lief ihm wie eine Verrückte hinterher. Der Mann drehte sich erschrocken um. Ich hatte mich getäuscht.
Und wenn er tatsächlich durch die Straßen geht, wir uns zufällig begegnen? Sein Aufenthalt im Ausland kann längst beendet sein oder gar nicht stattgefunden haben. Es ist durchaus möglich, dass er immer noch auf der Suche ist nach einer neuen Partnerin, damit liebäugelt, zurückzukommen. Auch er ist älter geworden.

CARSTEN WIRD MIR GANZ SICHER SCHREIBEN, wird mir mitteilen, ob er einen Architekturpreis gewonnen hat, wann er nach Rio de Janeiro reist, er sich von dieser anderen trennt, weil er merkt, dass nur wir zwei wirklich zusammenpassen. Er wird mir gestehen, dass er das Häuschen wieder verkaufen will, weil ihm die Stille dort nicht bekommt. Er wird mir von seinen Geschwistern erzählen, einer Erkältung, seinen neuen Ideen, die er unbedingt mit mir durchsprechen möchte, von seinem Interesse für klassische Musik, von Stimmungsumschwüngen, die ihn überfallen wie eine Horde von Mücken. Ich kann trösten, ermuntern, einlenken, beruhigen.
Die Zeit vergeht. Nichts geschieht.

ERINNERUNGEN, zusammengesetzt aus Kleinmut und Sieg, Niedertracht und Vollkommenheit, Verlangen und Enttäuschung. Sie krallen sich an mir fest, wollen eins sein mit mir. Keine Teufelsaustreibung, die helfen könnte, kein Gebet. Fesseln sind sie.

ICH WERDE VERREISEN, werde das Glück suchen; meinen Sohn, einen anderen Mann, mich selbst, neue, brauchbare Wörter.

Das Geräusch des Aufzugs reißt mich unvermittelt aus meinen Tagträumen. Da ist einer lange unterwegs gewesen, ein Säufer, ein Unternehmer, ein Alleinstehender, ein Gespenst. Nach dem Tod meines Vaters habe ich mir diese Eigentumswohnung gekauft, eine gute Lage, der Preis solid. Ein kleiner Balkon, eine stille Seitenstraße. Akzeptable Mitbewohner.

Die ehemalige Schauspielerin ist eine exaltierte Person, das Gesicht geliftet, jeder Auftritt im Flur eine kostenlose Vorstellung, glänzende Augen noch immer; der Taxifahrer im fünften Stock ist ständig unterwegs; neben mir lebt eine Esoterikerin, die Kerzen aufstellt, wenn ein Baum gefällt wird, die Steine in die Hand nimmt und deren Atem spürt, die jedes Jahr ein Survivaltraining absolviert.

Der Säufer im vierten Stock findet im Rausch seine eigene Wohnung nicht mehr, klopft an fremden Türen, taumelt, hat am anderen Tag keine Ahnung davon, was mit ihm geschehen ist. Im ersten Stock lebt eine junge Familie mit einer fünfjährigen Tochter, die mir Komplimente macht, einen Verhaltenskodex beherrscht, der für ihr Alter erstaunlich ist. Ich möchte keinen näheren Kontakt. Familien mit Kindern sind anstrengend.

NACH EINER LESUNG kommt eine Frau auf mich zu und sagt: Was Sie da schreiben, ist komisch und schön. Mir würde so etwas nicht einfallen.

Ich bin erleichtert.

MEHRERE WOCHEN REISTE ICH durch ein mir fremdes Land. Ich habe viel gesehen, viel beobachtet, mich verliebt,

habe meinen Sohn nicht finden wollen. Er soll endgültig dort bleiben, wo er hingehört.
Im Flugzeug saß ich neben einer gepflegten älteren Dame, die ohne Unterbrechung auf mich einredete, auch wenn ich die Augen schloss. Ich wollte in Ruhe gelassen werden. Sie war in einem Konsulat tätig gewesen.
Das bedeutete alle vier Jahre einen Umzug, sagte sie. Die Zeit dazwischen hat nie dafür gereicht, wirkliche Freundschaften zu schließen. Jetzt bin ich zu meinem eigenen Vergnügen unterwegs.
Sie spricht mehrere Sprachen, kennt nur teure Hotels, Entlegenes und Außergewöhnliches.
Wenn Sie mitkommen wollen?
Ich lehne ab, will allein fündig werden, dem auf die Spur kommen, was sich nicht aufgelöst hat, nicht ganz verschwunden und immer noch lebenswichtig und sinnvoll ist. Ich fuhr mit dem Zug, dem Bus, ließ mich mit dem Taxi dorthin bringen, wo kaum einer sonst hinkommen will.
Ging über Brücken, unter denen der Fluss gemächlich oder gewaltsam dahinfließt; in Kapellen, die zwar vom Gras überwuchert sind, in denen aber immer noch das Heilige wohnt, etwas unversehrt geblieben ist, was sich nur dem mitteilt, der auch schweigen kann; wanderte durch Felsschluchten, überquerte Wildbäche, besichtigte Schlösser, verweilte lange in Parkanlagen, nicht nur, um die Tauben zu beobachten, sondern auch um alte Baumstämme zu umarmen und die Melodie von Springbrunnen zu hören. Ich nahm an Museumsführungen teil, wurde hingewiesen auf wesentliche Merkmale bestimmter Stilepochen und Baustile, bekam eine Ahnung von moderner Malerei. In Bars trank ich einen Whisky oder Bourbon, ließ es zu, dass Männer mit mir flirteten. Ich wollte Neues ausprobieren, das notieren, was mir wichtig schien.
Schönes und Hässliches zieht mich gleichermaßen an, auch der böse Blick mancher Menschen. Wenn ich sie länger be-

trachte, fühlen sie sich ertappt in ihrer ganzen Armseligkeit. Einer Bettlerin legte ich einen Stern in die Hand. Sie spuckte vor mir aus. Eine von den Hellsichtigen, die sich nicht täuschen lassen.

Ausgelassenheit an den Herzrändern
In den Adern Zigeunerblut
Heute Rom
Morgen Athen oder Neapel
Die Jahre kreisen mich ein
Unter meinen Füßen
Luftwurzeln

UNSERE KLEINE SEITENSTRASSE ist wie ausgestorben. Nicht ein einziger Vorhang, der rasch und heimlich zur Seite geschoben wird, kein Fußgänger, kein Vogellaut. Die Bäume vergessen zu atmen. Sie warten wie ich auf etwas, was es vielleicht nie geben wird.
Warten ist ein Zustand, ein Übergang, eine Atempause. Ohne Vorwarnung bewegt sich plötzlich ein Ast, zwitschert eine Amsel, steht eine Frau am Fenster, die wie ein Gemälde wirkt.
Das Warten ist beendet.
Ich flüchte mich in die Zukunft – ein Punkt irgendwo.

DER SOMMER HAT SICH endgültig verabschiedet. Ich werde jene Tage dem Vergessen übergeben, in denen Helligkeit und Wärme alles bestimmten. Fast täglich saß ich auf dem Balkon, oder ich fuhr mit Freunden an einen See, immer noch die Angst vor der Tiefe. Redete viel und unkontrolliert, war sprunghaft in meinen Gedanken, lachte über Dinge, die nicht zum Lachen waren, lästerte über Männer, trank mehr, als mir guttat. Manche Wörter gehorchten mir nicht mehr, Gesichter zogen sich in die Länge und Breite. Bilder lösten sich auf.
Fang nicht mit dem Trinken an!, mahnte eine Freundin, sonst bist du verloren.
Jeder ist irgendwann verloren.
Auf den Parkbänken liegen noch die Liebesschwüre vom Sommer. Wärmenester da und dort. Ich muss sie nur aufstöbern, dann verliert der Herbst seinen Schrecken. Blätter färben sich, die Welt bleibt in Bewegung.

Erstklässler gehen mit ihren Schultüten an mir vorbei, übereifrige Kinder, stolze Eltern. Neuanfänge haben einen besonderen Reiz und ihren eigenen Glanz. Frederic lernte schon vorher die Buchstaben, las sich in Welten hinein, die ihn befreiten oder einengten, ein tadelloser Schüler, verschwiegen, mir gegenüber trotzig. Und Freunde? Brauche ich nicht, sagte er häufig.
Auch du wirst sie brauchen.
Vielleicht gilt der Satz nicht für alle. Wer robust genug ist, wird zum Alleinunterhalter, lernt, sich abzugrenzen, genügt sich selbst. Die Geschichte von Kain und Abel musste ich Frederic immer wieder vorlesen. Er war davon fasziniert. Vor allem von der Frage: Wo ist dein Bruder Abel? Er ist kein Glücksucher, bohrt sich in Dinge hinein, die ihm schaden können. Oder täusche ich mich? Welche Mutter kennt ihr Kind wirklich? Kinder sind Wesen mit einem ganz eigenen Schicksal. Ich kann das Leben von Frederic nicht beeinflussen, ihn auch nicht vor Schaden bewahren. Er wird, muss es selber schaffen.

IM GEGENÜBERLIEGENDEN HAUS steigt Rauch aus einem Fenster, winden sich kleine Feuerzungen fast spielerisch um das Fensterbrett, tänzeln, drängen eilig nach oben. Einer stellt eine Leiter an die Mauer, schlägt auf die Scheibe ein, klettert ins Innere.
Die Straße gehört sich nicht mehr selbst. Bäume erstarren, lassen Rauchwolken willig über sich hinwegziehen, Sträucher vergessen, sich im Wind zu wiegen. Da ist einer oder eine in höchster Gefahr.
Das Feuer züngelt weiter, Löschgeräte kommen zum Einsatz. Menschen, die sich angesammelt haben, wirken wie Statisten, teilnahmslos, gleichgültig, schamlos in ihrer Neugier.
Ich möchte, dass die Straße wieder sich selber gehört und alles zu einem guten Ende gebracht wird. Eine Frau wird

auf einer Liege herausgetragen, der Brand ist gelöscht. Die Statisten haben ihre Aufgabe recht und schlecht erfüllt. Ich warte darauf, dass die Sträucher sich wieder bewegen, die Rauchwolken sich auflösen, dass Kinder sich freche, hinterhältige Spiele ausdenken, die ihnen nicht wehtun, die ablenken sollen von täglichen Albträumen, sie vom Unglück für eine Weile wenigstens fernhalten können.
Am nächsten Tag erzählt mir eine Nachbarin Genaueres. Stellen Sie sich vor, alles ist mit einer Rußschicht überzogen und unbrauchbar geworden, alles, sogar die Bücher.
Was soll ich dazu sagen? Was geht es mich an? Ich bin – genauso wie die Nachbarn – ein Statist, das Unglück berührt mich nur am Rand. Ich nehme einzelne Bücher aus meinem Regal, blättere sie durch, finde Randvermerke, lese einige Zeilen und bin getröstet. Meine Bücher haben keinen Schaden genommen. Ich kann sie jederzeit wieder in die Hand nehmen. Ein kostbarer Schatz.
Ich gehöre nicht zu denen, die leichtfertig mit dem Feuer spielen.

KLAUS LÄDT MICH zu seiner Ausstellung ein.
Wird Carsten auch kommen?
Er hat es mir versprochen.
Dann werde ich darauf verzichten müssen.
Du kannst mich auch an anderen Tagen besuchen. Ich habe neue Motive, bin viel unterwegs gewesen.
Wir vereinbaren einen Termin, treffen uns am Abend in seinem Atelier. Klaus ist euphorisch, erzählt mir ausgiebig von seinen Plänen. Möchte mich in den Arm nehmen. Vielleicht später, sage ich ihm und schiebe ihn unwillig zur Seite.
Wir unterhalten uns über das Leben, den Tod, ob wir etwas hinterlassen, was Sinn haben könnte. Eine Spur wenigstens, sage ich. Wir trinken auf das Wohl der Künstler,

auf all die Möchtegerne, vor allem auf die ganz Großen, Unvergessenen. Ich lasse mich küssen, vergleiche ihn mit Carsten und weiß, dass aus uns beiden nichts werden kann. Ich habe nicht mehr als ein schwesterliches Gefühl für dich. Schade, sagt er, dich habe ich schon immer gewollt.
Du bist zu vorsichtig in allem, mir nicht mutig genug. Vielleicht in der Kunst, aber sonst?
Trinken wir auf eine gute Freundschaft, sagt er.
Ich bin einverstanden.

DIE KARTE VON FREDERIC liegt in einer Schachtel, in der ich wichtige Briefe und Karten aufbewahre. Ich nehme sie – zum wievielten Mal? – in die Hand, studiere die Teilansicht einer mir fremden Stadt, versuche irgendetwas aus dem Stempel herauszulesen, ein P oder ein R, vielleicht ein T … Die mehrstöckigen Häuser wirken heruntergekommen. An einer Wand ist der Fetzen eines Reklameplakats zu sehen, darunter ein übervoller Abfalleimer. Wo ist das Meer?
Auf meiner Zunge ist Salz.

STELL DIR VOR, schreibt Günter, *ich habe meine alte Liebe wiedergefunden. Du hast es sicher nicht gewusst. Ein dunkles Kapitel in meinem Leben. Während einer Geschäftsreise hatte ich kurz ein Verhältnis mit einer Frau. Sie wurde schwanger, schickte mir Fotos von unserem gemeinsamen Sohn, und als Hanni sie entdeckte, ging sie zum Anwalt. Ich habe sie überreden können, dass wir noch einmal neu anfangen sollten und ich jeden Kontakt abbrechen werde. Ich habe durchgehalten. Und jetzt völlig unerwartet: Tanja wohnt noch in derselben Stadt und auch in derselben Wohnung. Ich hatte Angst vor dem ersten Treffen, zwanzig Jahre dazwischen. Als ich sie sah, wusste ich, dass die Zuneigung geblieben ist. Ich umarmte sie, spürte etwas, was guttat und weiterhin guttun würde. Wir werden heiraten. Ich schicke dir demnächst ein Bild von ihr.*

Wie sie aussehen mag? Behäbig, bäuerlich, langsam in ihren Bewegungen, erste graue Strähnen im Haar, einen Spaten in der Hand, das Glück ergreifend, neben sich einen erwachsenen Sohn, den sie allein großgezogen hat.
Ich habe mich nicht getäuscht. Das Foto stimmt mit meiner Vorstellung überein. Sie hat rote Haare, eine viel zu breite Nase, diese hässlichen Punkte im Gesicht. Ich will sie nicht kennenlernen.

WENN DU SO WEITERMACHST, wirst du noch vereinsamen, sagt eine Freundin zu mir. Mach einen Sprachkurs oder tu sonst etwas!
Du meinst, ich könnte töpfern, riesige Vasen herstellen, die nirgendwo Platz finden, weil sie so hässlich oder plump sind. Vielleicht sollte ich im Chor singen. Neben mir Männer und Frauen, die mit rostigen Stimmen und voller Innigkeit Gott lobpreisen. Oder soll ich einen Gymnastikkurs belegen, um noch mit hundert Jahren über einen Zaun klettern zu können? Bedeutend besser wäre ein Haustier, entweder ein Hund oder eine Schmusekatze oder ein Kanarienvogel, dem ich das Lachen beibringe. Nein, danke! Ich schreibe und lese, denke und plane. Das müsste ausreichen.
Manchmal werde ich gefragt: Haben Sie Kinder? Weder Kinder noch Enkel, sage ich dann. Die Lüge tut gut.
Mein Sohn ist tot – nur für mich und nur so lange, bis er wieder auftaucht. Es sind Kleinigkeiten, die mich an ihn erinnern: ein Kind auf der Straße, ein Ball, ein abgebissener Bleistift, den ich aufgehoben habe, Sandburgen, Kletterstangen, eine Schaukel, die er jauchzend hinunterrutschte.

Um zu überleben, deklamiere ich Zaubersprüche, die ich von meinem Vater gelernt habe. Oder ich führe endlose Monologe, spreche mir selber Mut zu.
Am Abend trinke ich zwei oder drei Gläser Wein. Die Zunge wird schwer, Bilder der Vergangenheit verschwimmen. Ich kann loslassen. Nur bei Carsten gelingt es mir nicht. Meine Sehnsucht nach ihm steigert sich fast ins Krankhafte. Das Essen schmeckt mir nicht mehr. Die Gespräche mit anderen sind oberflächlich, Worte bleiben mir im Hals stecken, Sätze wollen sich nicht formen lassen. Ich fange an, ihm einen Brief zu schreiben, erzähle von alltäglichen und außergewöhnlichen Dingen. Von der Musik, von guten und schlechten Büchern, auch von Freunden, die mich nicht mehr besuchen wollen. Von lästigen Arztbesuchen, einem Theaterstück, das wenig Anklang gefunden hat.

Der Baum vor dem Fenster treibt Knospen, die Rauchwolken haben sich längst verzogen. Ach so, das weißt du ja noch gar nicht, dass es im Haus gegenüber gebrannt hat. Du weißt vieles nicht, auch nicht von meinen Urlaubsplänen, von meinem Interesse an moderner Architektur, an Barockbauten. Ich lasse mich inspirieren, wo immer ich bin. Neben dem Stadtbrunnen wurde eine neue Bronzefigur aufgestellt. Wenn ich vorbeikomme, berühre ich sie, um kurz Atem zu holen. Ich rieche den Duft frisch gemahlener Kaffeebohnen. Er erinnert mich an unser Lieblingscafé, das kürzlich geschlossen wurde. Es gibt gefährliche Wahrheiten, sagte einer zu mir, der mit einer Zeitschrift in der Hand vor einem Supermarkt stand. Auch einer, der nicht weiß, wo er hingehört. An einer Hauswand lese ich den Namen Sandor. Er muss für jemanden wichtig sein. Die Luft ist kalt und würzig. Es nieselt. Mitunter hat der Regen etwas Sinnliches. Wenn mich die Sehnsucht nach dir überkommt, starre ich die Wand an in der irrsinnigen Hoffnung, dass sie sich öffnet wie eine Tür und ich hineingehen und für eine Weile verschwinden kann. Ob das schon krankhaft ist? Fast täglich habe ich diesen metallischen Geschmack im Mund, dann muss ich, wenn keiner in der Nähe ist, mitten auf der Straße ausspucken.

Der Brief ist fertig. Ich knülle ihn zusammen, werfe ihn zornig in eine Ecke, will Carsten endgültig vergessen. Ich hebe das zerknüllte Etwas wieder auf, glätte es, lese meine eigenen Zeilen.
Manches ist lächerlich.

ES BLEIBT MIR UNVERGESSLICH, wie ich Carsten zum ersten Mal begegnet bin. Ich stand damals in der Nähe des Vortragssaales, verabschiedete mich von einer Bekannten, neben der ich zwei Tage lang gesessen hatte. Was mir an ihr gefiel, waren ihre soliden Ansichten. Sie sprach emotionslos, aber überzeugend über ihr Leben, das schon lange aus der Bahn geraten war. Wir sehen uns wieder, sagte sie und sah mir direkt ins Gesicht.
Da stellte er sich mir in den Weg. Wir sehen uns wieder, wiederholte er.
Sie waren gar nicht gemeint.
Ich weiß. Ich habe Sie die ganze Zeit beobachtet. Sie sind wach und unruhig, Eigenschaften, die ich an Frauen schätze.
In seinen Augen war eine Spur Arroganz, etwas Neugieriges, fast Freches, Übermütiges. Einer, so mutmaßte ich, der lachen, ernsthaft nachdenken, der ausdauernd, manchmal auch leichtsinnig sein kann.
Wir sehen uns wieder. Mein zweiter Versuch.
So einer sind Sie.
Ja, so einer. Kommen Sie!
Ich ging mit. Anfänge sind leicht. Es gibt noch keine gemeinsame Vergangenheit, die man wie eine Bürde mit

sich herumschleppt, keine Enttäuschung, keine besonderen Ansprüche. Auf dem unbekannten Terrain wurde noch kein Kampf ausgetragen, hat weder eine Niederlage noch ein Sieg stattgefunden. Der Blick ist frei bis zum Horizont, vieles zum Greifen nah. Ich musste nur die Hand ausstrecken, etwas einfangen und staunen.

SIE HAT DEN KAMPF VERLOREN, heißt es in der Todesanzeige. Anette war meine Freundin. Lebenshungrig und leichtfertig. Kämpfen musste sie nie, vermutlich erst ganz zuletzt. Sie starb an ihrem dreiundvierzigsten Geburtstag. Wie lange ist ein Mensch jung? Ein paar Tage, Monate, Jahre? Mit zwanzig hat mich diese Frage nicht interessiert, mit dreißig nur manchmal. Und jetzt? Ich habe den Höhepunkt überschritten, vieles gehört der Vergangenheit an. Ob ich mein Leben noch einmal leben möchte? Nicht einmal die glücklichen Momente.

DER ALLERLETZTE TAG: ein Tanz nahe am Abgrund. Voller Grazie, Selbstbewusstsein und Würde.

DIE ANGST, im Alter debil zu werden,
nicht mehr um die eigene Identität zu wissen.
Die Angst, dass umsonst gewesen ist,
wofür ich gelitten und gekämpft habe.
Die Angst, vor dem Tod
leichtfertige Zugeständnisse zu machen.
Die Angst, wiedergeboren zu werden.
Die Angst, dass ich meinen eigenen Sohn
nicht mehr erkenne.
Angst ist ein Hindernis.

FREDERIC STEHT VOR MEINER TÜR, neben ihm zwei Kinder und eine Frau mit Kopftuch. Ihr Gesicht ist düster und undurchschaubar.
Ihr seid ja völlig durchnässt. Kommt herein! Im Flur bilden sich kleine Wasserlachen. Der Junge weint, das Mädchen drückt sich verschämt an die Mutter.
Ich richte mich im Bett auf, umkreise mit einem Blick das Schlafzimmer.
Auf der Kommode liegt ein Springseil, daneben ein Comic-Heft und eine Hantel.
Ich bin auf alles vorbereitet.

UNSERE KLEINE SEITENGASSE verwandelt sich in einen farbenfrohen Jahrmarkt: Familien, Einzelgänger, Fremdlinge bilden für kurze Zeit eine Gemeinschaft, an diesem Tag und in diesen wenigen Stunden. Das Zusammengehörigkeitsgefühl kann sich bei Streit und Uneinigkeit schnell auflösen. Empfindlich sind wir alle, und unsere Grenzen kennen wir alle.
Wir essen, trinken, lachen, erzählen uns Dinge, die gewesen sein könnten, aber nie gewesen sind, verweigern uns dem Alltag.
Sie erinnern mich an … sagt eine betagte Dame und kommt auf mich zu, als wäre ich eine langjährige Bekannte.
Dann sucht sie in ihrem Gedächtnis, ohne etwas zu finden.
Mir will die Person nicht einfallen.
Das stört nicht. Wohnen Sie schon lange hier?, frage ich sie.
Fast zwanzig Jahre, dort drüben in dem gelben Haus, im fünften Stock.
Ich habe schon öfter eine Dame beobachtet, die immer nur kurz ihren Kopf aus dem Fenster streckte, die Vorhänge schloss und wieder verschwand. Kein Luftzug sollte ihre penible Ordnung durcheinanderbringen.
Kommen Sie mich besuchen!

Wenn ich nicht störe.
Sie bestimmt nicht. Wem sehen Sie nur ähnlich? Lassen Sie mich nachdenken.
Wenn Sie heute Nacht nicht schlafen können, bleibt genügend Zeit, das herauszufinden.
Sie lacht, hat immer noch schöne, gepflegte Zähne, ein fast unschuldiges Lächeln.
Wissen Sie … Nein, später. Schreiben Sie meinen Namen auf. Ich war Astronomin.
Ich habe sie nicht besucht. Mein Bedürfnis ist gering, nach fremden Sternen zu greifen.

DER NACHMITTAG ist angenehm warm. Ich fahre aufs Land, gehe durch den Wald, freue mich an den vielen Sonnenstreifen, an den weichen Moospolstern, auch am Schatten, der immer länger wird. Ich umarme einen Baum, schüttle die Zweige, lasse goldenes Laub herunterrieseln. Ich bin für das Glück bestimmt.
Ein Reh springt vorbei. In der Ferne tauchen die roten Lichter eines Zuges auf, verschwinden wieder.
Manche Menschen legen sich auf die Schienen oder in den Schnee, um zu sterben. Es gibt bessere Orte. Ich war noch nie so verzweifelt, dass ich mein Leben beenden wollte, auch nicht, als Frederic nicht mehr nach Hause kam. Wie er jetzt aussieht? Ich weiß es nicht.
Nebel steigt auf, ein durchsichtiges, feines Gewebe verbindet unauffällig und still den Himmel mit der Erde.
Über mir eine schützende Kuppel und dahinter ein Gott oder das Universum oder das Nichts. Ich möchte mir die Unendlichkeit vorstellen, dann hat alles darin Platz, was wir Menschen in unserer Einfalt ausdenken und ersinnen. Auch meine Einsamkeit.
Mit einem Freund von Leon habe ich regelmäßig tiefgründige Gespräche geführt. Ein kluger Kopf, dessen

Gedankengänge ich oft nicht verstand. Sie waren für mich zu hoch. Ich habe ihm trotzdem zugehört, sollte es gelegentlich wieder tun. Er hat sich nie aufgedrängt, war meist liebenswürdig und zuvorkommend. Vielleicht ist er Witwer, und wir könnten einander mitteilen, was uns bedrängt, uns beschäftigt.
Der Herbst ist in diesem Jahr besonders schön. Vielleicht erlebe ich ihn nur anders. Die Sonne lässt die Bäume glühen, ohne dass sie verbrennen. Die Blätter fallen tanzend zu Boden. Kein Abschiedsschmerz, kein Geschrei, keine Wehmut. Alles bleibt im Gleichgewicht. Vermutlich eine Täuschung.

SELBST DINGE entwickeln nach kurzer Zeit ihr Eigenleben. Sie verändern sich.
Ich betrachte ein Bild, das mit mir gealtert ist, ein Weinglas, in dem Leon meinen Namen eingravieren ließ, einen Ring mit einem Granaten, den mir meine Großmutter geschenkt hatte, den Tisch, an dem ich jahrelang geschrieben, gelesen, gegessen, philosophiert und mit aufgestützten Armen getrauert habe.
In einer kostbaren Vase sind die letzten Rosen. Sie lassen ihre Köpfe hängen, sinnieren über den verflossenen Sommer nach; eine afrikanische Holzfigur, die auf der Kommode steht, hat einen Riss bekommen. Vermutlich hatte sie ihn schon, als Leon sie von einer Reise mitbrachte. Für eine Schachtel Zigaretten, sagte er damals triumphierend. Da muss die Kunst ja Schaden nehmen.

MEIN RACHEENGEL hat weder ein Gesicht noch Flügel.
Kein Wort mehr über die eigene Mutter.
Der Mund bleibt versiegelt.

UND WIEDER SCHAUE ICH aus dem Fenster und warte auf das Große-Ganze, auf ein Wunder, den Exodus, auf brennende Dornbüsche, auf einen Mann, der ohne mich nicht glücklich werden kann, auf den Postboten. Auf irgendjemanden, den ich noch nicht kenne, aber kennenlernen möchte.

Ein junger Mann steigt auf sein Rad, winkt mir freundlich zu. Eine Familie von gegenüber zieht um. Möbel werden auf das Trottoir gestellt, diese vielen großen und kleinen Dinge, die wir ein Leben lang nicht entbehren wollen. Ich nehme kurz teil an einem Zustand zwischen Abschied und Neuanfang.

Ich folge einem Papierfetzen, der vom Wind hochgehoben, ein Stück weitergetragen, zuletzt an den Rand des Trottoirs gedrängt wird, der selbst für den Wind nutzlos geworden ist. Nachrichten von irgendwo, von keinem gelesen, von keinem verstanden. Es gibt so viele Rätsel, die nicht zu lösen sind. Ein Betrunkener grölt, hält sich an der Hauswand fest und ist davon überzeugt, dass die Erde wankt.

Der Hausmeister beginnt damit, das Laub zusammenzukehren, pfeift auf den Sommer, die Liebe, das Leben.

Ich pfeife mit, falsch und laienhaft, hoffe weiterhin auf ein Wunder, höre, wie im Flur randaliert wird. Der alte Säufer findet nicht mehr dorthin, wo er hingehört.

An einem der gegenüberliegenden Fenster steht eine Frau mit Lockenwicklern auf dem Kopf, den Telefonhörer in der Hand. Sie gestikuliert, trippelt hin und her. Ist sichtlich nervös.

Manchmal stelle ich mir vor, dass Puppen aus Pappmaché an den Fenstern lehnen. Mit einem breiten, groben Gesicht, immer lächelnd, unangestrengt und ausdauernd. Und wir können uns dahinter verstecken mit all unserem Gram und unserer Engstirnigkeit. Und so oft wir wollen, tauschen wir die Puppen aus, betrügen einander auf diese Weise. Keiner muss Angst haben, sich danebenzubenehmen, ein

überflüssiges Wort zu äußern. Die Puppen haben keine Stimme. Sie grinsen uns an, unbeweglich, teilnahmslos. Nach einiger Zeit geben wir uns der Illusion hin, dass sie mit uns reden. Und wir beginnen damit, Zwiesprache zu führen, merken nicht, dass es endlose Monologe sind. Meine Phantasie geht in die Irre.
Ich werde umziehen, meine Wohnung verkaufen, mir am Stadtrand ein kleines Appartement suchen. Ich brauche neue Gesichter, andere Möglichkeiten. Ich möchte eine Teilzeitarbeit in einem Antiquariat finden. Mir fehlen Kontakte zu Menschen. Meine Freunde werden meiner überdrüssig. Du klagst zu viel, sagen sie.

AUSWANDERN ins Salzland.
An meinen Füßen ist Blei.

ER SASS IN DER ERSTEN REIHE, hörte aufmerksam zu, applaudierte, als ich meine Lesung beendet hatte, kam mit einem Exemplar zu mir: Sie signieren doch? Sind Sie auch in anderen Städten?
Ich nickte. Wenn ich Zeit habe, komme ich.
Er kam tatsächlich, saß wieder in der ersten Reihe, adrett gekleidet, mit offenem, staunendem Gesicht, drängte sich unbeholfen nach vorne.
Ich bin ein Fan Ihrer Bücher, der Stil gefällt mir, auch die Inhalte. Im Grunde gefällt mir alles, auch Sie. Übrigens: Ich heiße Paul. Er sah mich dabei verliebt an.
Und was könnte mir an Ihnen gefallen?
Wir sollten es so bald wie möglich herausfinden.
Einige Wochen später trafen wir uns in einem Café. Paul erzählte detailliert aus seinem Leben, von seinen Erfolgen, seinem Scheitern. Seiner Sehnsucht. Er schreibt Reiseberichte, ist viel unterwegs, lebendig, wortgewandt, ausgeglichen.

Thailand, Australien, Südamerika. Es gibt kaum ein Land, das ich nicht gesehen, in dem ich nichts Außergewöhnliches erlebt habe, manchmal auch in Gefahr geraten bin.
Dann wird uns die nächsten Jahre der Gesprächsstoff nicht ausgehen.
Manchmal bin ich wortkarg, ergänzt er, sinniere ich über frühere Erlebnisse nach.
Das stört mich nicht. Auch ich brauche viel Zeit zum Nachdenken.
Wirst du mich besuchen?
Wenn die Wohnung groß genug ist.
Ich warte noch ab, denke an Carsten, an unsere gemeinsame Zeit, an seine wohltuende Nähe. Paul empfängt mich wie eine längst vertraute Freundin, umarmt mich, führt mich in das Wohnzimmer. Auf den ersten Blick merke ich, dass er Geschmack hat. Die Einrichtung ist spartanisch, aber stilvoll. In einem Wandregal steht eine Vielzahl von Büchern.
Nur deine eigenen?
Nein, auch Literatur und Sachbücher.
Er hat ein aufwendiges Menü gekocht. Meine zweite Leidenschaft, sagt er. Das trifft sich gut, ich bin keine Köchin, auch keine Hausfrau.
Wir essen, reden, stellen auf Anhieb Gemeinsamkeiten fest, machen Pläne, die über den Tag hinausreichen könnten, küssen und umarmen uns, wollen die Nacht miteinander verbringen.
Die Treffen werden häufiger. Etwas wächst in mir, das ich Liebe nennen möchte. Ich habe Sorge, dass die Beziehung nur eine Illusion bleibt. Paul tröstet: Ich bin beständig und treu. Was hältst du davon, dass wir zwei uns ein Appartement mieten?
Später.
Ich denke an Frederic, daran, dass er mich nicht finden wird, wenn ich umziehe. Ich denke Unnützes und

Gefährliches, denke an das Ende von etwas, was noch gar nicht richtig angefangen hat.

ICH WERDE FÜR ZWEI MONATE verreisen, sagt Paul, drückt mich an sich, streicht mir sanft über das Haar. Auch ich muss Geld verdienen, ergänzt er. Willst du mitkommen?
Ich würde nur stören.
Er ruft täglich an, berichtet von kleinen und großen Ereignissen, Missverständnissen, Notizen, die er sich gemacht hat. Ab und zu schreibt er einen Brief. Von der Schönheit und langsamen Zerstörung einer Insel.

Ich habe sie geliebt, liebe sie immer noch. Baggerarme greifen wie Raubtiere nach unberührtem Boden, überflüssige Betonbauten entstehen. Nur im Inneren dieser Insel ist noch Platz für meine Hoffnung, dass die Vernunft siegen wird. Ich wandere durch mir unbekanntes Gelände, teste Hotels, unterhalte mich mit denen, die alles bestimmen, auch mit jenen, die ohnmächtig zusehen müssen, wie sich etwas auf Dauer verändert, unterhalte mich mit Touristen, denen vieles gleichgültig ist.
Wenn du wieder eine Lesung hast, dann nimm dich in Acht vor Männern, die dich allzu sehr bewundern. Daraus könnte etwas entstehen, worauf ich eifersüchtig bin.

Ich tröste ihn, gestehe ihm, dass ich auf der Suche nach einer anderen Wohnung bin, dass mir die Worte nicht immer gehorchen wollen, sich manches im Umbruch befindet.
Jede Lebensphase, schreibe ich ihm, beansprucht uns ganz. Nur ab und zu wird uns eine kurze Ruhepause gegönnt.

ES MÜSSTE IN JEDER STADT TUNNELS geben, in die wir flüchten können, wenn Schlimmes passiert, tödliche

Gefahr droht, das Unglück immer näher kommt. Zeit genug sollte jedoch bleiben, dass Kinder ihr Lieblingsspielzeug aussuchen und mitnehmen können, Alte ihre Krücken, Jugendliche ihre Liebesschwüre, und die, die nicht erwachsen werden wollen, ihre Träume, aufbewahrt nahe am Herzen und sorgfältig gehütet.
Nein, ich brauche keinen Tunnel. Meine Träume überleben auch auf andere Weise. Was ich brauche, ist ein Mann, der mich liebt, Worte, die in schwierigen Situationen standhalten können. Zuverlässige Freunde.

HEUTE MORGEN hat mir der Postbote einen Brief gebracht. Er liegt seit Stunden unberührt auf meinem Küchentisch.

Die beiden Zitate auf S. 39 und das Zitat auf S. 70 stammen von Lars Gustafsson, das Zitat auf S. 81 von Sándor Márai.

LITERATUR VON FRAUEN
im lichtung verlag

Marianne Ach: Am Horizont kein Zeichen
Klappenbroschur, 144 S., 13,80 Euro

Die Figuren in Achs Erzählungen brechen zu neuen Zielen auf und verlassen ihre Heimat, um andernorts eine neue zu finden. Sie alle werden getrieben von Sehnsüchten und Wünschen, erleben Trennungen und Entbehrungen. Genau, aber nie ausladend, distanziert und doch berührend beschreibt die Autorin das Gefühlsleben der Figuren.

Barbara Krohn: Im Handumdrehen
Gedichte, mit Fotografien von Michael Bry,
Klappenbroschur, 128 S., 12,90 Euro

Die Jahre sind verflogen, im Handumdrehen. Sie waren ausgefüllt mit alltäglichen Lebensaufgaben; so mancher Traum blieb unterwegs auf der Strecke. Nun ist Zeit für ein Innehalten, eine Bestandsaufnahme mit Blicken zurück und nach vorne, Zeit für eine Neuorientierung.

Marianne Hofmann: Es glühen die Menschen, die Pferde, das Heu
Roman, Klappenbroschur, 152 S., 13,80 Euro

Marianne Hofmanns Erfolgsroman erzählt die Geschichte eines Mädchens, das am Rande der Holledau in den vierziger und fünfziger Jahren aufwächst. Schon früh muss das Kind in der Gast- und Landwirtschaft der Eltern mithelfen. Mit neunzehn wird ihr die überschaubare Welt des Dorfes zu eng, sie geht in die Stadt.